BBN
B●BOY NOVELS

アルテミスの揺籠

オメガバース・吉𠮷の運命

水樹ミア

イラスト／コウキ。

JN252443

この物語はフィクションであり、実際の人物・
団体・事件等とは、一切関係ありません。

CONTENTS

アルテミスの揺籠

はじまりはおわり

かつて世界の中心で

栄耀栄華を誇った王国《アルカディア》があった。

彼の国の王族は神々に近付き、

光り輝ける姿を与えられた。

しかし、驕り高ぶった彼らは

その傲慢さゆえに神の怒りに触れ、

王は獣の姿に変えられ、

その子供達は雷で滅ぼされた。

ただ、神は僅かな子供だけは赦し、

代わりに授けた力を子孫に継げぬ呪いを与えた。

僅かなはじまり《アルファ》の子供達は

滅びた王国を去った。

おわりははじまり

只人《ベータ》と交わり、

消えゆくはずのはじまりの子供達は

神の呪いを解くおわり《オメガ》に出会う。

アルファ　α

体格、頭脳、容姿ともに非常に優れた存在。

圧倒されるようなカリスマ性、オーラを備え、その力でベータ、オメガを従わせることができる。特に始祖の力と呼ばれる光に見えるオーラを発することのできるアルファは、他のアルファさえも従える。

男性体、女性体ともに精巣とそれに通じた外性器があり、オメガとベータの女性を孕ますことができる。

ベータ　β

人口の圧倒的多数を占める種別。

男性体と女性体との間でのみ子供が生まれる。ベータの女性体はベータしか産まない。

オメガ　Ω

華奢な体格であることが多い。

年に三回ほど七日間続く発情期があり、その間にアルファが抗えない性フェロモンを発する。

男性体、女性体ともに子宮があり、アルファの男性体、アルファの女性体、ベータの男性体によって孕まされ、父親と同じ種別かオメガのどちらかの子供を産む。

鐘が鳴る。

広大な領土を抱える白国。

高台に聳《そび》える白亜の城の高い塔から甲高い音が響き渡る。人々は一斉に手を止め、冬の終わりの低い空を仰《あお》ぎ、そして俯《うつむ》いた。

白国で重要な立場にある者が亡くなったことを報《しら》せる鐘だ。

鐘は一定の間隔で絶え間なく打ち鳴らされる。その数は白国の国王崩御《ほうぎょ》を告げていた。民を導く偉大な王が亡くなったと誰もがわかった。しかし人々が項垂《うなだ》れたのは悲しみからではない。自国の未来に横たわる暗雲がいっそう重く垂れこめていく気がしたからだ。

「陛下《へいか》は一番お強いアルファ様のはずだ。農作物の不作に、度重なる他国との小競り合い。若い者は兵役に取られていって、税金は上がる一方。肝心のアルファ様は年々誕生される数が減って……。こんな状況で一番強い御方がいなくなるなんて、これからこの国は……」

「しい、滅多なことを言うもんじゃない」

誰かが零《こぼ》した不安を、別の誰かが窘《たしな》める。いつどこで誰が聞いているともわからない。しかし、鐘の音とともに城下の至る所で同じ会話が生まれていた。

白国はアルファという優れた存在によって導かれ、発展してきた。しかし今、アルファを絶対的に信じ従っていた一般国民が国の未来を危ぶむほどに白国は衰退していた。

「こんなことになったのも、オメガの奴らが、ちゃんと仕事をしないからだ」

一般国民はベータとも呼ばれる。国の中枢を担うのはアルファという、ベータよりも何もかもが遙かに優れた存在で、残りがオメガ。発情という獣じみた習性を持つ、蔑まれるべき者達。

「あいつら、アルファ様を産むためだけに生かされているっていうのに」

そうして、ベータ達は、抱えた不安や不満を憎しみに変えて、王城でアルファに守られているオメガに向ける。

これまでずっとそうしてきたように。

■　■

白亜の城の一角、頑強な壁に四方を囲まれた、白国のオメガが集められて暮らす月の宮にも鐘の音は響いていた。

サウロは耳触りがよいとは言えない音に気付いて黒瞳を細めた。

「サウロ様、鐘が鳴っています。これはまさか……」

月の宮の長《おさ》の部屋に併設された執務室では数人が詰めて月の宮の管理に関する仕事に従事していた。

執務室の最奥の机で帳簿に目を通していたサウロは、少年の言葉に顔を上げた。

「そのようですね。これは国王陛下の崩御を報せる鐘の音です」

あっさりと言ってのけたサウロの言葉に、部屋にいた数人の男女のオメガ達は一斉に嗚咽《おえつ》を漏《も》らした。

「陛下……」

「そんな、陛下が……」

悲しみに満ちたオメガ達を、サウロは切れ長の瞳で見回した。

「泣いても陛下は生き返ったりしませんよ。あなた達はあなた達のなすべきことをなさい」

サウロの言葉に、大半のオメガ達は信じられないものを見る目で自分達の取り纏《まと》め役を見た。

艶《つや》やかな黒髪としなやかな細身の身体。男性なので身長はそこそこあるが、纏う雰囲気のせいで優美な嫋《たお》やかさが醸し出されている。常に憂いを帯びたような切れ長の黒瞳も蠱惑的《こわくてき》だ。

サウロは、オメガの長の役割に相応《ふさわ》しく、ベータをしてアルファを惑わす淫魔《いんま》と言わしめる、オメガらしい魅力に満ちている。

その華奢《きゃしゃ》な首には黒地に銀糸が施された革の首輪が嵌《は》められている。銀位を示す首輪は、オメガの最高位とされる金位が空位の現在、サウロが月の宮の最高位でありオメガ達の長である証《あかし》でもある。

「サウロ様、それはあまりにも冷たいのでは」

「そうです。サウロ様は月の宮の長として陛下と頻繁に顔を合わせていらっしゃったではないですか。発情期も、毎回のように陛下にお相手していただいていたのに」

反抗したオメガの言葉には、暗にサウロへの蔑みが含まれていた。

位の高いオメガは、発情期に力のあるアルファに相手をしてもらえる。だが、サウロは初めて発情期が訪れた十四歳から二十七歳になる今まで子供を産んだ経験がない。

国王という最も力のあるアルファに抱かれていたのに、アルファを産むという最も大切な役割を果たせない名ばかりのオメガの長。一部の者が口さがなく言っていることを、サウロは知っている。

「言いすぎです、口を慎みなさい！」

サウロ当人よりも先に、最初に鐘に気付いた少年が怒る。

「子供のくせに、大人の話に出しゃばらないで」

「子供でも酷《ひど》い言葉だってわかります！」

十三歳の少年は、十歳以上も年長のオメガに負けじと拳《こぶし》を握りしめた。

「リオ、構いません」

それをサウロが止めた。

「で、でも……」

「構いません。そんなことよりも」

そんなことと言った通り、サウロの表情はいつもの冴《さ》えたものだった。リオの、あどけない顔に浮かんでいた怒りが、戸惑いに変わる。

「私は月の宮の長として陛下の葬儀に出席しなければなりません。今日の仕事はここまでとします。それから慣例によって月の宮も喪に服すことになりますのでその準備を。リオ、あなたは倉庫から喪章を出して、月の宮の全員へ配る手配を」

サウロはまるでこの日を知っていたかのように淀《よど》みなく指示を出す。

「さあ、早く。日が暮れたら灯《あか》りのない月の宮では何もできなくなりますよ」

皆、複雑な感情からすぐには動けなかったが、サウロが急《せ》かすと慌てて従った。文句を言っていた者達も不満げにしながらもやるべきことをなすために部屋から出ていく。執務室にはサウロ一人が取り残された。

しんと静まり返った部屋で、サウロは自身の首に手を当てた。ひやりとした、硬い感触。月の宮で暮らすオメガの全員に義務付けられている首輪が、銀位を示すものに変えられたのは十四歳になってすぐのことだった。

『あの女と他のアルファとの血を残すことは絶対に許さん』

冷酷な薄青の瞳に激昂《げっこう》を浮かべて、男は告げた。

■　■

「ノエ、身体が熱い」

サウロが十四歳になってすぐの頃。自身の世話をしてくれていた老齢のオメガに訴えた。朝起きたときから違和感を覚えていたが、どうにもだるくて動くのが億劫《おっくう》だった。開いた本にも集中できない。

「お身体がですか？　どれ」

五十歳になるノエはサウロの洗濯済みの衣服を畳

んでいた手を止めて、近くにやってくる。ノエはサウロの幼い頃からオメガらしい華奢な身体をしていたが、年齢を重ねたせいかその頃よりももっと小さくなっているようだと、サウロはぼんやりと思った。

「朝から少し変だったんだ」

サウロ自身は風邪《かぜ》でも引いたのではないかと思ったのだが、訴えられたノエはサウロの様子をまじまじと見た後に、皺《しわ》に埋もれた瞳をぱっと輝かせた。

「サウロ様、これはきっと発情期が来たのに違いありません」

ノエがサウロの両手を握る。皺の刻まれた、少年のサウロと同じくらいの小さな手だ。

「発情、期……？」

その血筋から発情期が来れば銀位と決められていたサウロはその単語を十分すぎるほど知っていた。

オメガと呼ばれる存在は、年頃になると発情期がやってきて、男でも子供を孕《はら》めるようになる。月の宮のオメガは発情期が来れば一人前。成人として扱われるようになる。

「ええ、ええ。そうです」

ノエは年齢を重ねても上品な顔に満面の笑みを浮かべた。

「でも、私はまだ十四歳になったばかりで……」

十四歳のサウロは第二次性徴もまだで、身長も少女のように低かった。現在の月の宮の長が老齢で、サウロは成人し次第その役割を継ぐために特別に教育されていたから年齢の割に雰囲気だけは落ち着いていたが、とても大人の身体つきとは言えない。

「確かに早いですけれど、前例がないことではありません。それに、男性のオメガに発情期が来たということは、子供を産めるようになったということです。喜ばしいことではないですか」

サウロはノエの言うことを理解はできるのだが、突然すぎたせいか、喜びはどうにも湧いてこない。

「急いで陛下にお知らせしないと」

「陛下？」

「久しぶりの銀位の誕生ですから。発情期が来たら知らせるようにと前々から言われていたのですよ。きっと陛下がお相手をして下さるに違いありません」

サウロは国王の顔を思い浮かべた。長の仕事を学ぶために今の月の宮の長とともに何度か国王に謁見《えっけん》したことがあった。

「陛下が、私のお相手を……」

国王は年齢こそそれなりだが、生まれながらに優れた容姿を具《そな》えるアルファだけあって、堂々とした体軀《たいく》で怜悧《れいり》な貌《かお》をしていた。しかし、その薄青の瞳がサウロに向けられるとき、そこにはいつもぞっとするような光が灯《とも》っていた。

冷たい眼差しを思い出して、サウロは身震いした。だが、それに反して身体の熱は息苦しくなるくらいに上がり続けていく。

「さあ、サウロ様。今のうちに身体を綺麗《きれい》に洗って寝室に入って下さい。ああ、くれぐれも部屋に鍵を掛けるのを忘れないで。間違って他のアルファ様が来てしまったら大変ですからね。アルファ様の発情を誘発してしまうと、御本人様でも止められなくなってしまいますから」

位の低いオメガは発情期が来ると歓喜《かんき》の間《ま》と呼ばれる場所に行き、自分を選んでくれるアルファを待つ。一方、位の高いオメガは子供のうちから個室が与えられ、力の強いアルファに訪れてもらうことになっている。より好ましい血筋を組み合わせるために、相手は予《あらかじ》め定められる場合がほとんどだ。しかし、そこでたまに間違いが起きる。一度、オメガの発情がアルファの発情を誘発すると、アルファ本人も理性で止めることはできずに、予定外の相手とまぐわうことになってしまう。ノエはそれを懸念したのだ。そんなことになれば、サウロが国王よりも劣るアルファの子を孕んでしまうかもしれない。

「……わかった」

サウロが頷《うなず》くと、ノエは老人とは思えない軽い足取りで部屋を出ていった。

サウロは重い身体を引きずるようにして部屋に鍵を掛け、浴室に向かう。浴室とは言っても、月の宮では原則として火を使えないため、外から湯が引かれている洗い場があるだけだ。湯が送られてくる時間は決まっているので、今はただの水だ。

「冷たい……」

季節は冬で水は冷えていた。服を脱いで濡《ぬ》らした布を身体に当てると、火照《ほて》りが少しだけましになった。

「あ……」

下肢に目を向けると、自身の男の象徴が何もしていないのにゆるやかに勃《た》ち上がっているのが見えた。精通だけは終えていたので、それに触れれば気持ちがよくなることは知っていたが、今はそこよりも身体の奥に意識が向いた。

下腹。臍《へそ》の下の裏側の辺り。

オメガは、見かけが男でも子供を孕むことができる。アルファに抱かれて孕めば、アルファかオメガの子供が生まれる。アルファの精を受けて力の強いアルファを孕むこと。それが白国のオメガに課された義務だ。強いアルファの血筋を引くオメガは、強いアルファを産む確率が高い。だから高位のアルファとまぐわって、白国を導けるようなアルファを産まなければならない。

「私が、陛下の、子供を……?」

現実感がない。国王の顔を思い出すと、身体にぞわりとした熱い感覚が生まれる。サウロにはそれが何なのかわからなかった。

なんとか全身を清め、夜着を身に纏って寝室に入る。さざ波のように引いては生まれてくる、男性器を自慰するときとは全く違う感覚が耐えがたくて、寝台の上で身体を丸めてやり過ごす。

「は、あ……」

吐息が熱を持っている。心臓もどきんどきんと次第に大きな音を立てるようになってきた。

どれくらいそうしていたのか、部屋の鍵を開ける音がした。どかどかと足音がして、寝室に人が入ってくる。

「へい、か……」

ぼんやりとしたサウロの視界に映ったのは、豪奢な衣装を身に着けた国王だった。相変わらず、いや、いつも以上に冷たい瞳でサウロを見下ろしている。

だが、いつもは恐怖が湧き上がるだけなのに、今のサウロは身体が甘く痺《しび》れた。尻の狭間《はざま》がじわりと濡れた感触がして、サウロは慌てて脚を擦《こす》り付けるようにして閉ざした。

「オメガの淫蕩《いんとう》な匂いだ」

国王はすんと鼻を鳴らし、唇を歪《ゆが》めた。

アルファは発情したオメガを前にすると、自らも発情が誘発され、ギラギラとした顔付きになるはずなのに、不思議なことに国王にその様子は一切ない。

「これを着けろ」

低い声で国王は告げ、手にしていた袋をサウロに放り投げた。そうして自身は部屋に置いてある椅子《いす》にどかりと座る。

「早くしろ」

サウロはのろのろと起き上がり、はあはあと呼吸を荒らげながら縺《もつ》れる指でなんとか袋を開く。中には革と紐《ひも》でできた見慣れない道具が入っていた。

「これ、は……？」

「腰と両手に嵌めろ。ああ、自分では無理か。おい、そこのオメガ。手伝ってやれ」

国王が背後に呼びかけると、驚いた様子のノエが入ってきた。二人の事後や食事等の世話をするために控えているのだ。

「へ、陛下、これは」

「見てわからないか。手枷《てかせ》と保護帯だ」

保護帯という言葉をサウロは初めて聞いた。いよいよ暗い表情になったノエに国王は楽しそうに続ける。

「手枷は両手を後ろに回して固定しろ。紐の先は寝台に括《くく》り付けるんだ。絶対に解《ほど》けないようにな」

「ど、どうしてこんなものを……」

「オメガが私に口答えか？」

国王の言葉に、ノエはひっと悲鳴を上げて慌てて言われたとおりにサウロの両手を後ろで固定した。

両手首に革を巻き付け、革紐で縛る。その先が寝台の柱に結び付けられた。サウロには何が起きているのかわからない。ただ、ノエの様子から、これが普通ではないということだけは理解できた。

「サウロ様、我慢を」

ノエは震える声で告げて、サウロのじっとりとしていた下肢に、保護帯と言われた道具を着けた。勃ち上がっている男性器の根元をぐるりと締め付け、尻の間を覆うような形状のものだ。

「これは、何……？」

人に触れられたことと、下肢のものの感触を震えながらこらえたサウロの問いかけに、ノエはぎゅっと顔中の皺を中央に寄せて頭を振った。

「ノエ、苦しい、これ嫌だ……っ」

正体のわからないものは、サウロの上がり続ける熱を堰《せ》き止めて苦しさが増す。

「いいザマだ」

寝台の上を移動するのがやっとの長さの紐で繋《つな》がれたサウロを、国王が嘲笑《あざわら》った。

「それは病を得るなどして犯してはいけないオメガからアルファを守るためのものだ。発情期が終わるまでそうしていろ」

「へ、陛下！」

国王の言葉に反応したのはノエだった。震えながら、必死で口を開く。

「ま、まさか、サウロ様をこのままに……、お抱きなさらないおつもりですか？」

「その通りだ」

国王は至極上機嫌に答えた。

「そ、そんな。オメガの発情期の疼《うず》きはアルファ様に抱いていただかなければ収まらないのですよ？しかも、サウロ様は初めての発情期。こんなこと、オメガにとっては拷問でしかありません」

「仕方がない。これは発情期が来るのが早すぎた。まだ身体も出来上がっていないではないか。子供を孕めば生命の危険もあるだろう。これは温情だ」

「で、ですが、これでは自慰すら……」

「こうでもしないと、自分からアルファを求めて出歩くだろうからな。卑しいオメガには当然の処置だ」

二人の会話の間にも、サウロの身体の熱は上がっていく。白国で最高のアルファの存在によって身体が一層煽《あお》られる。下肢に手を触れたい、腹の奥をかき混ぜて欲しい。本能の欲求で頭がいっぱいになる。だが、縛られた両手では何もできない。はちきれそうな少年の徴《しるし》は革の帯に締め付けられて痛くてたまらない。

「あ、あ……っ、ああ……っ」

寝台の上で身体を捩《よじ》り、敷布に腰を押し付けると欲求が痺れるような感覚に変わって頭の天辺まで駆け抜けた。

「あ、あ……っ」

サウロは身体を敷布に擦り付けた。

気持ちいい。

頭の中がその一つで占められた。もう少し、もっと、と、不自由な身体を必死に動かして僅《わず》かな刺激を必死に拾い上げていく。

「はは、浅ましいな。さすがはオメガだ。あの女の血だ」

国王の声がサウロの耳に落ちてきた。

「っ」

浅ましい。

無意識のうちにしていたことがとても恥ずかしいことだと知らされたサウロは、やっとの思いで顔を上げて国王を見遣《みや》る。国王の瞳は、先ほど身体を清めた水よりもずっと冷えていた。遠くに見える山の頂《いただき》を覆う、氷河の色だ。

国王は立ち上がり、なんてことをと泣き崩れるノエを蹴《け》りどかして、サウロの耳元に口を寄せた。

「私が欲情しないことが不思議か？」

荒い呼吸をしながら、サウロは微《かす》かに頷く。

「私は国王だからな。政務に差し障《さわ》りのないようにオメガの発情に誘発されない薬を使うことができる」

そんな薬の存在をサウロは初めて知った。だが、サウロの本当の疑問はそこではなかった。自身がまだ子供を孕むのに十分な身体ではなかったのは自分でもわかる。だが、どうしてわざわざ国王自らがそんな薬を飲んでまで伝えにきたのか。

サウロの疑問を察したかのように、国王はにやりと笑った。

「あの女と他のアルファとの血を残すことは絶対に許さん」

聞こえるか聞こえないかの囁《ささや》き。しかし、サウロの身に籠った熱が引くほどの怨嗟《えんさ》に満ちた声だった。

あの女とは、自身の母親のことだとサウロは直感した。

「母、うえ……？」

サウロの呟《つぶや》きに、そうだと肯定するように国王が目を眇《すが》める。

「そうだ、私を狂わせた運命だ」

「運命……」

意味はわからなかったが、その言葉はとても恐ろしい響きを持っていた。

サウロの母親は、とても強いアルファの血を引くオメガで、銀位だった。当然、当時最高の組み合わせの一つであった国王とサウロの母親との間にも関係があったが、生まれたのはアルファではなくオメガだった。サウロより年下のその子供はサウロ以上に血筋の優れたオメガであるため、成長した暁《あかつき》には最高位の金位が約束されている。複雑な血縁関係は、白国では珍しいことではない。母親はその子供の出産後の肥立ちが悪く、命を落とした。もう七年前のことだ。

サウロは母親が亡くなったときのことを覚えている。国王は母親の骸《むくろ》を前に、生まれたばかりの我が子に向かって怨嗟に満ちた言葉を吐きかけた。

『お前など生まれなければよかった！』

国王が怒鳴り喚《わめ》き、乱暴に振る舞うのを、非力なオメガ達はどうにもできずに、部屋の隅で固まって震えているしかなかった。サウロも彼らと一緒に縮こまっていた。とても恐ろしくて、今でも思い出すだけで震えてしまう。そのときの国王の瞳に宿った色が、今サウロに向けられているものとよく似ていた。

（この方は、私を疎んでいる……？　私が、母の子供だから？）

国王が常にサウロに向けていた冷たい視線の意味をサウロはやっと知ることができた。

（私が、母の子供だから、私に子供を作らせない……？　どうして？）

疎まれていることはわかっても、その理由が理解できない。

国王は白国の最強のアルファだ。国王が望めば月の宮のオメガの全てを自由にできる。それなのに何《な》故《ぜ》たった一人のオメガをそんなにも恨むのか。

より強いアルファを誕生させることが何よりも最優先のはずだ。サウロと国王となら強いアルファを望めるのに。

解けない疑問を抱いたまま、サウロは七日間続く発情期の間、狂いそうになるくらい苦しみ続けた。国王はその間に何度も訪れて、苦しむサウロを今までとは違う、愉悦の籠った瞳で見物していった。

「ああ、サウロ様、おいたわしい」

発情期が明けたとき、サウロの様相は一変していた。それまではまだ少し残っていた子供らしい健やかさが消え去り、げっそりと痩せて、声は嗄《か》れていた。

サウロの窶《やつ》れ具合とは反対に、月の宮は銀位のオメガの誕生に浮き足立っていた。お子はどうだと気が早い者達がそわそわとしている。唯一事情を知るノエだけが辛《つら》そうにサウロの世話をしてくれた。

「本当に酷いことを」

ノエははらはらと泣く。

「でも大丈夫ですよ。身体が成長したらお情けをいただけるんですから。陛下も、十分大人の身体になるまではご自身が毎回来て下さると仰《おっしゃ》いました。大人の身体になればそのときはきっと」

ノエは小さい身体をもっと小さくしながら泣いて、なんとかサウロを力付けようとしてくれる。

「……抱かれなくては、駄目かな」

発情期は想像を絶するほどに苦しかった。決して解放されない熱が身体の中を渦巻き、肌が敏感になって少しの刺激だけで神経が直《じか》に引《ひ》っ掻《か》かれているような感覚に陥った。口から涎《よだれ》とともに溢《あふ》れるのは言葉にならない獣のような唸《うな》り声で、辛い場所を掻き毟《むし》りたくても両手は封じられている。助けて欲しくても、誰も助けてくれない。酷い昂《たかぶ》りと、高熱が出たときの朦朧《もうろう》としたような時間が交互にやってきた。

　二度と経験したくない。それに、国王のあの冷えた瞳も恐ろしくてたまらないのだ。発情期も嫌だが、それ以上に国王と一緒に過ごしたくない。

「なんてことを仰るんですか」

　泣いていたノエがぎょっと目を見開く。

「アルファ様に相手をしていただけないということは、アルファ様を産むというお役目を果たせないということです。私達が生きる意味も、価値もなくなってしまいます」

「そう……だったね」

　自分達の存在価値を説かれてサウロが俯くと、ノエはほっとした表情になる。ノエは、子供に恵まれなかった。誰よりもその重みを知っている一人だった。代わりにサウロを我が子のように大切に扱って尽くしてくれている。

「辛い思いをされて、少しおかしくなってしまわれたのですね。思い詰めないで下さいませ。身体が成長したら、他の者と同じようにお情けをいただければのです。アルファ様にお相手さえしていただければ発情期は辛くありませんよ。それまでの我慢です」

　ノエは国王の言葉を聞いていないから、いつかを信じてサウロを慰めようとしてくれる。

「さあ、首輪を付け替えましょうね」

　ノエがサウロの背後に回り、首輪に手をかける。革の境目を繋いで外れないように結んでいる沢山の紐を専用の鋏《はさみ》でぷちぷちと切っていく。白い首輪が真っ二つになって落ちていき、代わりに黒地に銀糸の施された首輪が喉元に宛《あ》てがわれる。ノエは鼻歌でも歌いだしそうな調子で新しい首輪の紐を固く結んでいく。

「ああ、銀位のお世話をさせていただくなんて私はなんて幸運なのでしょう」

　サウロの首に嵌められた真新しい首輪を見て、ノエはうっとりと呟く。

「少しでも早く成長できるように、栄養のあるものを沢山食べましょうね。成長期ですから、もしかしたら、次の発情期までには十分に育つかもしれませんね。もし次の発情期に陛下の子を授《さず》かれば、きっとその子は次の国王陛下に違いありませんよ。サウロ様なら強いアルファ様をお産みになれば金位だって夢じゃありません」

ノエはサウロを慰めようとしてくれているのか、次々と夢を語ってくれる。国王が許さない限り、サウロが子供を孕むことはないのに。

「そう、だね……」

ノエの様子にサウロは国王の言葉を伝えることを止めた。ノエはきっと嘆き悲しむだろうし、それ以前に国王の言葉を信じないだろう。

「ノエ、ごめん。少し一人にして欲しい」

「これは、申し訳ありません。すっかり興奮してしまって。今はゆっくりお休み下さい。成長には充分な睡眠も大切ですからね」

「……わかっている」

サウロは力のない笑みを浮かべた。

一人になり、部屋は無音になる。サウロは寝台の上で上半身を起こし、ぼんやりとする。

首輪に触れる。先日まで嵌めていた子供のオメガを表す白い首輪にはなかった凹凸《おうとつ》がある。指先で辿《たど》ると、白国の建国神話から取られた月の意匠が施されているのがわかる。白国の建国神話では月はオメガの象徴。周期的に訪れる発情期が月の満ち欠けを連想させるからだ。

発情はオメガをオメガたらしめるものだ。

その昔、白国にはアルファがいなかった。周期的に訪れる発情期のためにろくに働くこともできないオメガは最底辺の存在だった。そこに光り輝く者と呼ばれる情け深きアルファの始祖が現れ、オメガ達に彼らの子供を産むという役割を与え、守って下さるようになったという。

「発情期があるから蔑まれていたのに、発情期だけが存在意義になっているなんて。ふふ、ははっ」

酷い矛盾に気付いてサウロは思わず笑っていた。

「あの、兄上」

とんとんと扉が小さく叩《たた》かれて、子供の声がする。

サウロはゆっくり息を吸い、顔を上げ、溢れそうになった涙を引っ込めてから背筋を正した。

「シア？　どうした？」

声の正体を言い当てると、扉が小さく開かれて首に白い首輪を嵌めた子供が姿を見せる。サウロと同じ黒髪黒瞳の、愛らしい顔立ちの少年。国王の血を引く、サウロの異父弟のシアだ。

子供ながら整った容貌《ようぼう》をした優しい気性の弟を、サウロは日頃から可愛《かわい》がっていた。唯一の同母の兄弟だったし、生まれてすぐに母親を亡くしている上に、父親である国王に酷く詰《なじ》られる様子を見てしまったせいもあるのかもしれない。

「入っておいで」

もじもじと扉の外で立ち止まっているシアに苦笑して声をかけると、シアはぱっと顔を輝かせて寝台に近付いてきた。

「どうした？」

サウロの問いにシアは寝台に身を乗り上げるようにして、身体の後ろから小さな花を出して差し出してきた。サウロは花を受け取る。

白くて可憐《かれん》な花だ。庭の片隅で咲いているような。

「これは？」

「お庭に出るお許しをもらって、摘《つ》んできました」

にこにことシアは語る。月の宮の建物では靴を履かないから、許可をもらって靴を借りなければ庭に下りることもできない。申請をしてから許可が下りるまでは時間もかかって面倒なため、庭の手入れをする係の者以外は滅多なことでは庭に下りない。

「わざわざどうして？」

「兄上が大人になったお祝いです」

シアの答えに、サウロは表情を固くした。気付かないシアは、にこにこと続ける。

「とても素晴らしいことなのですよね？　皆、喜んでいます。今日はご馳走《ちそう》も出るんですって」

発情期の最中のことが脳裏《のうり》に蘇って、ざわっとサウロの肌が粟立《あわだ》った。そのままシアを見詰める。シアは丸い顔でにこにこと兄を見上げてくる。

サウロはぎゅっと拳を握りしめた。受け取ったばかりの花の茎が折れてしまったことにはっと気付く。

「兄上？　あの、このお花はお嫌いでしたか？」

サウロは慌てて頭を振った。オメガは財産を持たない。子供ならなおさらだ。しかも季節は冬だから、咲いている花を見付けるのには苦労しただろう。この花は、シアができる精一杯の祝いだ。無下にはできない。何より成人の日を喜ばないオメガなどありえない。

「いいや、とても嬉《うれ》しいよ。……ありがとう」

サウロは折れた花を撫《な》でてみせて、なんとか笑みを浮かべて弟に礼を言った。シアは喜んでもらえたと嬉しそうにふにゃりと笑う。

「兄上。兄上は、今日から僕達の中で一番偉い人になったのですよね？」

「え？　うん」

空いている方の手を首輪にやる。今日からサウロは月の宮で最上位のオメガとなり、長となった。月の宮の何もかもが、そこに暮らす全てのオメガの生活が、サウロの肩に乗せられてしまったのだ。

「長は、お仕事がとても大変だって聞きました。僕も早く大人になってお手伝いして差し上げたいなあ」

サウロよりも優れた血筋を持つシアは、自身の貴重さを理解しきれていないらしく、うっとりと語った。

「大人……、っ」

国王は、サウロには理解できない運命という言葉で、母親の血筋を憎んでいる。このシアも憎んでいる。この子も、自分と同じような目に遭わせられるのだろうか。あんな苦しい思いをして、あんな屈辱を味わうのだろうか。

自分の年の半分もない、小さな子供。よく笑って、サウロを無条件に慕ってくれて……。

（この子を守れるのは、私しかいない）

急激にそんな気持ちがサウロの胸の奥底から湧き上がってきた。

シアに発情期が来るまで、あと何年か。

「ありがとう。シアが、大人になるのを、待っているよ」

弟には、こんな辛い思いはさせたくないと思いながら、心とはまったく反対のことを口にした。

■　■

「では、最後に月の宮の長」

呼ばれて、広間の入り口で待機していたサウロはすっと前を向いた。広間の左右には国王に別れを告げ終わったアルファが勢揃《せいぞろ》いしている。

サウロは深く腰を折って参列者に頭を下げた後、葬儀用の真っ白でゆったりとした装束をひらひらとなびかせながら参列者の間をゆっくりと進み、広間の中央に置かれた棺のもとに向かう。

アルファ達は、皆、指導者の死を悼んでいる。いや、自国のこれからに怯《おび》えた表情をしている。国王は即位してから亡くなるその時まで白国で最強のアルファであり続けた。それは、国王の在任中に代替わり可能な力のあるアルファが現れなかった証左《しょうさ》でもある。

国王の国葬を取り仕切っているのは新国王となる、ゼルという名前のアルファだ。年齢は四十代の後半で、亡くなった国王とそう変わらない。同年代かつ、中年での世代交代など、白国の歴史上初めてだ。ゼルの力は前国王よりも数段劣るとアルファ達が噂《うわさ》していたのをサウロは聞いたことがある。

「白国を導いたアルファに別れを」

サウロが棺の前に辿り着くと、ゼルが声高に告げてきた。サウロは棺の横に跪《ひざまず》く。

棺には、サウロを苦しめ続けた男が横たわっていた。国王は最初の宣言通り、サウロの発情期にアルファを与えなかった。十四歳のあの日から、今日までずっと。

「陛下」

サウロは呼びかける。

「お亡くなりになられたのですね」

当然のことながら、棺に納められたその顔には生気がない。サウロを苦しめ、そして白国の最強のアルファでありながら、白国の衰退を止められなかった男。

サウロに、国王の死を悼む気持ちはない。

「佳《よ》き旅路となりますように」

儀礼通りに黙禱《もくとう》を捧げ、棺に蓋をする。この世から隔絶する。体格のよいアルファとは違って華奢で非力なオメガには重すぎる棺の蓋を引きずるようにして閉ざし、国王に別れを告げる。

国王は、現世と隔絶されて棺の中の……死の世界の住人となった。

国葬が営まれるような名のあるアルファの葬儀では、オメガが最後に別れを告げ、棺を閉じることになっている。月の宮から出られるのは長かその代理だけだから、現在その仕事はサウロのものだ。

アルファはオメガから生まれ、オメガによって黄《よ》泉《み》の旅路へ送り出される。この儀式を考えた人物は一体何がしたかったのか。サウロはぼんやりとそんなことを考えていた。

閉ざされた棺を祭壇に運ぶため、数人のベータの兵士がやってきた。彼らは泣いた後の赤い目でサウロを睨《にら》み付けた。

「陛下がお亡くなりになられたのに、涙の一つも流さないなんて」

棺を挟んだ向かいで、一人が言う。

「アルファ様のお情けで生かされているのに」

他の一人が言った。アルファの力によってこの国が成り立っているのだと信じる、アルファでもオメガでもないベータは、アルファを崇拝し、神のように慕っている。普段からアルファに近い城の兵士は殊更《ことさら》その傾向が強い。

お前達のせいだ、白国の衰退も、国王の死すら、何もかも、何もできないオメガの責任……。

月の宮の外で呪詛《じゅそ》のような彼らの気持ちを受け止めるのはサウロだけだ。子供の頃はそれなりに傷付いたが、慣れきった今ではもう何も感じない。

「いっそ、殉死《じゅんし》の制度でも作ればいいのに」

それは禁止されていると、サウロは心の中で答えた。オメガはアルファ全体の共有財産であるからだ。いくら国王でも、たった一人のアルファのためにオメガを損なうことは許されない。

「それはいい。お前、オメガの中で一番偉いのに子供を産んだことがないんだろう？　そんな役立たずなら、陛下を死後の世界でお慰めするお役目を買って出たらどうだ？」

酷い言葉を投げかけられても、サウロは黙したまま佇《たたず》む。チッと舌打ちした兵士達は棺を祭壇へと運んでいった。

「月の宮の長、こちらへ」

新国王のゼルに命じられてサウロはその斜め後ろ

に控える。老齢のアルファ達によって追悼の儀式が始められると、ゼルが背後を振り返り、サウロの全身を眺めて厭《いや》らしい笑みを浮かべた。

「次の発情期はいつだ？」

小さな声とはいえ、葬儀でするような話題ではない。サウロは眉《まゆ》をほんの少し顰《ひそ》めて、「間もなくです」と答えた。ゼルは舌なめずりをする。

「月の宮の長の発情期は前王と年寄りどもに独占されていたからな。やっと俺の出番だ」

サウロはそっと胸の下で揃えていた手に力を込めた。

前国王は時折、老齢のアルファにサウロを与えた。自身が一人で最高位のオメガを独占しているという批判を躱《かわ》すためだ。

アルファとしては強いが、既に生殖能力を失っている彼らは、前国王と同様にサウロの発情する様を余興のように愉しんでいた。サウロは、発情に狂って彼らを襲わないようにと保護帯を装着させられ、湧き上がる肉欲にもがき苦しんだ。彼らは国王にサウロに決して触れずに愉しめと言い含められていて、代わりに言葉で数限りない侮蔑を投げかけてきた。

卑しい存在、アルファの慰み者、アルファに保護されないと生きていけない哀れな生き物、陛下の子供をさっさと孕まないから陛下が辟易《へきえき》されてこんな目に遭っているんだ、次こそは陛下の子供を孕めよ、それしか価値がないのだから。

身体は激しい発情に苦しみ、精神は言葉によって貶《おとし》められた。サウロの身体はアルファを求めたが、心はアルファを拒むようになっていった。

発情期に苦しむ度、皮肉にもサウロの艶は増していき、オメガとしての魅力を成熟させていった。実情を知らない他のアルファ達は、サウロを抱くことを栄誉のように感じるようになったらしい。

欲望を隠しもせずにサウロをちらちらと窺《うかが》ってく

るゼルも同じなのだろう。サウロが極上のオメガであると信じて疑っていない。

噂されている魅力など紛い物なのにと、ゼルの視線を受けながらサウロは心の中で自身を嘲笑った。

真実を知っていたノエは、最後までサウロの境遇を心配しながら随分前に亡くなったし、国王もいなくなった。

サウロを笑いものにした老齢のアルファ達は、サウロと国王との相性が悪いだけと信じていて、サウロが国王に抱かれたことがないとは露ほども思っていないだろう。彼らも国王とサウロの間にアルファができることを待ち望んでいたからだ。知られていたら、サウロはとっくに国王に抱かれていただろう。

サウロを抱きたいと思う者は大勢いたが、誰もが、それはサウロが国王との間にアルファを産んでからと考えていた。白国で最高のアルファと、銀位のオメガ。その間に生まれる子供に、アルファ達は、白国の、自分達の未来を託していた。絶対に誕生することはない存在を愚かしくも希求していた。

国王とサウロの間の真実を知る者はもうどこにもいない。

「前国王や年寄りどもの種じゃあ孕ませられなかったようだが、俺ならすぐだ。何しろ、俺にはもう二人もアルファの子供がいるんだからな」

ゼルの少し弛《ゆる》みのある身体と、品性が感じられない振る舞いを目《ま》の当たりにして、サウロの胸にむかむかとしたものが生まれる。

国王が病に倒れたときからその日が来ることは覚悟していた。それでも、嫌だ、と強烈に思った。

こんな男に抱かれるくらいなら、これまでと同じように苦しんで屈辱を味わう方がよほどマシだと、オメガとしてあってはならない気持ちが身の内を渦巻き、ついには吐き気が込み上げてきた。

サウロは無意識に懐《ふところ》に手を当てる。そこには常に携帯している気付け薬がある。飲めば少しは気分がマシになるはずだ。

「陛下、黒国より葬儀参列の使者がお見えです」

しかし、サウロが薬を取り出すよりも先に広間に響いた声に、大きな動揺が走った。アルファ達がまさかといった様子でざわめいて、不穏な空気が漂う。サウロもはっとして広間の入り口を見た。

いつの間にか葬儀は進み、各国参列者を迎える段になっていたらしい。白国は広大な領土を有する分、多くの国と国境を接している。以前は、それらはほとんど属国のようなものだったが、今では領土を巡って小競り合いをする険悪な関係になっている国も多く、参列者はそれほどいないはずだ。

大きく開かれた扉から、威風堂々と一人の男が入ってくる。浅黒い肌と茶色の髪の長身の男だ。

広間にいるアルファ達全員の視線が集中しているのに、それには全く無頓着で、まっすぐ前を向いている。

「黒国……」

河を伝って行ける隣国ではあるが、他国と異なり、近年まで正式な国交はほとんどなかった。白国とは正反対の価値観を持ち、ベータが国王を務め、アルファもベータもオメガも区別なく暮らしているという、白国の常識からはありえない仕組みを持つ異国。

男は白国よりも寒冷な土地にある黒国特有の、縫製の手が込んだかちりとした衣装を身に着けている。身体は大きく、服の上からでもしなやかな筋肉が身体を覆っているのがよくわかる。

たった一人の登場で、広間の重苦しい空気は瞬く間に変わった。不穏な空気が、今度は心地よい緊張に満ちていく。

異国のアルファなのに、惹《ひ》き付けられて止まない。アルファ達はそんな様子で彼を見詰めていた。

ふと、男の顔がサウロに向けられた。視線が絡ん

だ。

遠目にも、その優れた容貌がありありとわかった。年齢はサウロと同じくらい。彫りの深い精悍《せいかん》な顔付きに、大きな茶色の瞳をしている。美麗という言葉がよく似合う白国のアルファとは少し違った、野性的な魅力を秘めた容貌だ。だが、瞳の色の明るさが、男らしさに柔和な雰囲気を添えている。その明るい瞳が、サウロを映して、深い煌《きら》めきを帯びたように見えた。

どくんと、サウロの鼓動が脈打つ。爽《さわ》やかな心地がして、気分の悪さがすうと消えた。代わりに、今まで感じたことのない何か熱いものが身の内で生まれてくる。

「黒国のアルファか」

「っ……」

国王が舌打ちまじりにサウロの感じたことそのままを口にして、サウロの中で生まれかけたものは霧散してしまった。

男はサウロから顔を逸《そ》らした。視線が合ったのは、おそらくほんの僅かのはずだが、とても長い間見詰め合っていたように思える。

サウロは今の感覚を不思議に思いながら、いつの間にか詰めていた息をそっと吐く。

男はまっすぐに祭壇の前までやってきて、白国とは少しだけ違うやり方で死者に向けた挨拶《あいさつ》を済ませる。所作はきびきびしていて淀みない。

「黒国より王の名代《みょうだい》として参りました。オリカと申します」

次いで男はゼルの前まで進み出て、名乗りを上げた。悠々としたオリカとは真逆に白国側はぴりぴりとした緊張感に包まれている。

「先日は貴重なる贈り物をいただいたこと、黒国王に代わって感謝いたします」

「そ、そうか」

オリカを見下ろす位置にいるゼルは明らかに自分よりも若い異国の青年に気圧《けお》されていた。

贈り物とはオメガのことだ。

先般、白国にかつての勢いがないのは力のあるアルファが生まれにくくなっているせい。その理由は白国のオメガにあるに違いない。そう結論付けたアルファ達が月の宮のオメガを、優秀なアルファを産んでいる黒国のオメガと交換しようと画策し、一人のオメガを黒国に送り付けた。それを先導したのは、既に病に倒れていた前国王ではなく、この新国王のゼルだった。

「貴国とは隣国とはいえ、これまであまり国交がなかったからな。これを機に仲良くしていこうではないか。もし足りないようなら何人でも追加するぞ。オメガなら月の宮にいくらでもいるからな」

いくら自立のできないオメガとはいえ、まるで物のように言われてサウロは僅かに眉間《みけん》に皺を刻んだ。

第一、アルファも減っているが、オメガの数も減っている。決して無尽蔵な資源ではない。

「それで、受け取ったということは、そちらのオメガを寄越してくれるということだな?」

「ええ。相応のものをお返しすることにしました」

新国王の前のめりの確認に、オリカは浅黒い顔を意味深長に笑ませて肯定した。

「なんですって……?」

サウロはその返事に拳を握り締め、オリカを凝視《ぎょうし》した。

黒国のオメガへの価値観は白国と違うはずなのに、オメガを物のように白国に差し出すのか。

「わ、私は反対です」

新国王の背後から、サウロは訴えた。

「黒国のオメガなど、月の宮には受け入れられません」

「オメガごときが。しかもアルファを産んだこともないくせに口を挟むな」

新国王がサウロを睨み付ける。それでもと反論しようとしたサウロを止めたのは、のんびりとしたオリカの声だった。

「勘違いをされているようだが、黒国がお返しするのはオメガではない」

「なに？」

「え？」

オリカは先ほどから浮かべている笑みのままで続ける。

「黒国では子供を産み育むオメガは何よりも大切な存在。そのような貴重な存在をいただいたのだから、黒国が返すべきものは白国で貴重な存在だ」

「我が国で貴重な存在だと？」

意味がわからず混乱している新国王に、オリカは一度、慇懃《いんぎん》無礼《ぶれい》に腰を折った。悠々と身を起こすと、ぴんと背筋を伸ばしてよく通る声で広間中に告げた。

「黒国は、白国にアルファを差し向けることに決めた」

国王も含めた全アルファが瞠目《どうもく》した。

「白国に必要なのは白国のアルファ。ならば白国のアルファと黒国のオメガの子でも、白国のオメガと黒国のアルファの子でも同じでしょう？　白国のオメガは間違いなく白国のアルファの血を引いているのだから」

オリカの言うことは、確かに間違っていない。

「このオリカ、白国の発展のために、また白国と黒国の友好のために、謹《つつし》んで種馬の役目を果たしてみせましょう」

黒国のアルファは、大胆不敵に告げた。それは葬儀の憂いを吹き飛ばすほどの快活さだった。

■　■

「なあ、聞いたか。黒国のアルファのこと」

「聞いたよ。この前の発情期にお相手して下さったアルファ様が散々に言っていた。種馬宣言だけならまだしも、白国の内部のことにも口を出しているらしいね。よくわからなかったけど、食糧を安く売ってやるからその前に白国の国庫を国民に解放しろだとか？　偉そうに」

「いくらアルファでも、他国のアルファが我が国のアルファ様に文句を付けるなんて！」

「きっとアルファ様だなんて言っても、弱いアルファに違いないよ。黒国って、アルファ様を蔑《ないがし》ろにする野蛮で恐ろしい国なんだろう?」

　月の宮はオリカの噂で持ち切りだ。葬儀の後、一気に暖かくなって冬から春になったせいもあり、浮ついた雰囲気に満ちている。

　アルファが存在しながらアルファが治めない黒国は、白国では野蛮の象徴とされてきた。その上で、情報源がオリカに悪感情を抱く白国のアルファ達となれば、オメガ達がオリカを悪《あ》し様《ざま》に言うのも仕方のないことなのだろう。

　噂好きの部下達が騒ぐ月の宮の長の執務室で、サウロは頭を抱えていた。オリカのことではない。サウロの目の前にあるのは数字の羅列だ。月の宮の長の仕事は多岐にわたる。その一つが、月の宮の物資の管理だった。

「また、減っている」

　月の宮に入ってくるものは年々減少している。嗜好品なら我慢すれば済むが、衣服や日用品が不足するのは困る。理由はわかりきっている。白国の財政が逼迫《ひっぱく》しているからだ。

　財政の不足を補うため、まずベータに課された税が上げられ、次に予算が削られた。月の宮の予算も例外ではない。しかも増税と予算の削減でもまだ赤字の有様だ。

オリカを追い出さないのだって、追い出せないからだ。ずっと昔は貧しかったはずの黒国は、今や白国を遥かに凌《しの》ぐほど豊かになっており、国王達はその富をいかにして掠《かす》め取るかに血眼《ちまなこ》になっているのだ。

「サウロ様、最近食事の量が足りないという苦情がいくつも挙がってきているのですが」

眉間に皺を寄せるサウロに、長の補佐をするリオが控えめに声をかけてくる。

「もう春です。そろそろ農作物の収穫も見込めるだろうから、食糧事情は時間が解決してくれると信じるしかない」

月の宮の食事は月の宮の外でベータの下働き達によって作られ、運び込まれてくる。内容や量は、王城の管理をしているアルファによって決められている。

「そうですね。もう少し待って下さいと伝えておきます。でも、また来年の冬になったら……」

「きっとそれまでにはよくなっています。でも、もしものことを考えて、それまでには対策を考えておきましょう。例えば、下拵《したごしら》えをこちらでやるから、手間を減らした分、量を増やしてもらうとか」

サウロはなんとか知恵を捻《ひね》り出したが、それも限界がある。月の宮では、原則として火が使えないし、刃物の使用も制限されている。

「既に仕上げはこちらでやっていて、配膳係の一部は現状でも仕事が多すぎるから、別の係に変えて欲しいと言ってきています」

サウロが長になってから、月の宮は随分と変わった。変わらざるをえなかった。

サウロが長になったとき、既に白国は衰退を始めていた。長になったサウロのもとに嗜好品が切れているという報告が上がってきて、備蓄倉庫に入って愕然とした。そこには何もなかったからだ。調べれば、月の宮に入ってくる物資の量が白国の財政に左右されているのがわかった。サウロはすぐに月の宮内部での分配を見直し、全体に行き渡るようにした。そのために新たに係と呼ばれる新しい仕事を作った。

それまでオメガの日常的な仕事と言えば、アルファを喜ばせるために自身の容姿を磨くこと以外は、身の回りの掃除や庭の手入れ、食事の配膳くらいのものだったが、食器の洗浄、洗濯や簡単な繕《つくろ》いものは月の宮内で行うようになった。庭には花だけではなく樹形が見栄《みば》えのよい果樹も植えてみて、庭係に世話をさせている。

昔は長以外の、一人部屋を与えられるような位の高いオメガは仕事も免除されていたが、今は全てのオメガに仕事が割り振られている。

仕事の対価を物資とすることで、分配の不公平さをなくした。月の宮内部での仕事を増やすことによって月の宮に関するベータの仕事を減らすこともできた。以前と変わっていなければベータ達の不満が爆発し、それを抑えるためにアルファによって月の宮への物資はさらに減らされていた可能性もあったが、今のところはなんとか回避できている。

閉ざされた月の宮には限られた情報しか入ってこず、白国の現状を理解できない多くのオメガは仕事が増えたことを不満に思っている。

だが、リオのようなサウロを手伝ってくれている一部のオメガは白国の困窮ぶりをある程度は理解してくれている。

サウロは深い溜息《ためいき》を吐いた。

リオが心配そうな顔でサウロを見ているのに気付いて小さく頭を振って気分を切り替える。

物資の管理は仕事での物資の分配にあたってサウロが始めたものだ。

以前の月の宮では、何も言わずとも定期的に十分な量が供給されていた。かつては、商人から購入した嗜好品《しこうひん》や贅沢品《ぜいたくひん》を希望者に配るという行事もあったが、頻度が落ちていき、この一年では一度も開かれていない。ただでさえ減ったものを不足がないように、かつ公平に配るのは骨が折れる。それだけではなく、枯渇したときのことを考えて備蓄も必要だ。

仕事を変えて欲しいという要求以上に、あれが欲しいこれが欲しいという声は毎日のようにサウロのところに届いている。が、無いものを配れるわけがない。アルファが与えてくれない限り、月の宮は何も得られない。

「今はどの仕事も同じようなものです。もう暫《しばら》く我慢するように伝えなさい」

「わかりました」

次々と持ち込まれる厄介事を片付けているサウロに、外からの伝令が届いた。

「サウロ様、陛下がお呼びです」

サウロは物資の管理目録をちらりと見て立ち上がった。どれだけ忙しくとも、アルファからの命令は最優先される。

「お待たせいたしました」

国王のゼルの執務室では、国王と国王の側近のアルファがサウロを待ち構えていた。全員苛立《いらだ》っている様子で、サウロのことをぎろりと睨んでくる。部屋には、どこから持ち込んできたのか、前国王のとき以上に素晴らしい美術品の数々が飾られていたが、今の彼らの慰めにはそれでも不十分らしい。

「ご用とお聞きしましたが」

自分が呼ばれたからには月の宮かオメガのことなのだろうが、何が起きたのかとサウロは身構える。

「あのオリカとかいう若造、勘弁ならない」

しかし、国王は挨拶への返事もなく、憤懣《ふんまん》やるかたないというようにオリカへの文句を吐き出した。

オリカという名前に、サウロの脳裏に一瞬だけ視線が絡んだときの男の顔が思い浮かんだ。じくりと、身体の奥に鈍い痛みのようなものが淡く生まれる。

なんだと考えるよりも先に、国王が口角から泡を飛ばす勢いでオリカへの文句を猛然と語り始めた。

「前国王の葬儀で黒国王名代としてやってきて、白国との外交に関して特任外交官とやらを名乗っているが、黒国では一般の兵士だったらしいぞ」

サウロはオリカの姿を思い浮かべた。兵士と言われると納得できる大きな身体だった。アルファは生まれつき体格にも優れるが、それだけではなく、よく鍛えた身体をしていた。白国では、アルファは軍部の指揮官に就くことはあるが、実戦に出るような物好きはいないから、わざわざ鍛える必要はない。

「大した経歴もないくせに、次々と我が国のことに口を出してくる。条件が飲めなければ物資の輸出を止めるだと？　アルファの財産である国庫をベータ達に解放しろだとか、別荘地の森を兵士に開墾させて国民に貸し出せだとか、一体、何様なのだ！」

国王が口にしたどの条件も一般国民を救済するためのものだ。それを聞いてサウロは目線を下に落とす。

月の宮には外の情報はほとんど入ってこないが、月の宮の外に出る機会のあるサウロは、白国の一般国民が月の宮のオメガ以上に困窮していることを知っていた。アルファ達の話の端々でもわかるし、王城で働いているベータ達の様子でもわかる。

サウロがベータ達から受ける視線は、困窮が進むほどに剣呑《けんのん》さを増していく。困窮の原因はオメガが役目を果たさないせいだと信じているからだ。

民が生きていけなければ国は成り立たない。サウロの頭でもオリカの主張が理にかなっているということは理解できる。しかし、自尊心で凝《こ》り固まった国王や、いちいちもっともらしく頷いている側近達はそうではないらしい。

「こんなときでなければ、即刻追い出すものを！」

怒り心頭に発しながらも結局実行できないために国王はますます不満を溜《た》め込んでいるらしい。

「そこでだ」

国王はやっとサウロを見た。厭らしい笑みが浮かんでいる。

「あの男を月の宮に案内してやれ」

「月の宮に、ですか？」

思いがけず話を振られてサウロは瞬きをして国王の様子をそっと窺った。国王は、やや大きめの鼻をひくつかせ、ふんと鼻息を吐く。

「そうだ。仮にもアルファであるのだから、発情期のオメガに誘惑されればひとたまりもないだろう。本人も種馬と言ったんだ。十分に働かせてやれ。オメガに骨抜きにさせて、こちらの都合のいいように動かしてやる」

「そう上手《うま》くいくでしょうか」

黒国から派遣されてきたアルファだ。頭が悪いということはないだろう。何よりサウロには彼がオメガにうつつを抜かすような姿が思い浮かばなかった。

国王の命令を遂行できないのではないかとサウロは柳眉《りゅうび》を寄せた。

「いくに決まっている」

国王はサウロの意見を聞くこともなく、部屋にいた側近の一人にオリカを呼びにやらせた。

「まったく、目障りな男だ。黒国め。どうして素直にオメガを寄越さない。せめてベータの外交官ならいくらでも搾り取ってやったのに。何故アルファなんだ」

再び国王はオリカに対する不満をぶちぶちと言い始めた。不意に、国王の標的はサウロに移った。

「だが、次のお前の発情期でアルファができさえすれば、黒国のアルファなんぞいらないんだ。いいか、絶対にアルファを孕めよ？」

サウロは無言で拳を握り締め、小さく頷いた。むかむかとした気持ち悪さが、湧いてくる。

確かに、強い力を持つアルファが生まれれば、白国のアルファの求心力を高め、その優秀さで国をよく治めることができるだろう。しかし、国王とサウロの間にそれほど強いアルファが生まれるとは思えない。それに、さすがのアルファでも赤子では力を発揮できない。

国王の望み通りサウロに子供ができたとして、その子が成長するまで白国は保《も》つのか。何より、そんな不確かな存在に未来を託す神経がサウロには理解できなかった。

「陛下、オリカ殿《どの》を連れて参りました」

知らずに詰めていた息を吐き出し、サウロは執務室の開かれた扉を見た。

国王の側近に伴われたオリカは葬儀のときよりも飾りの少ない黒国の衣装を身に着けていた。簡素な故《ゆえ》に、逞《たくま》しい体軀がより引き立っている。その上に乗っている顔は、なんとも面倒そうな表情を浮かべていた。

オリカの姿を目にした途端、サウロの身体の奥に、先ほどオリカのことを思い出したときの感覚が、何十倍もの強さになって蘇ってきた。それが葬儀のときに感じたものと同じものだとサウロは気付く。肌がざわざわとして、臍の辺りがどうも落ち着かない。感覚の正体を探ってはみるが、思い当たるとすれば、彼が黒国の出身という事実だけだ。

この男なら、サウロがずっと気にかけていることを知っているかもしれない。だが、サウロの立場上、問いかけることはできない。

オリカはサウロを視界に捉えると、少し驚いた顔になって一瞬だけ破顔した。

「っ」

どきりとしてしまったサウロからオリカはすぐに視線を外し、笑みを真顔に変えて国王に向き合った。

「白国王におかれてはご機嫌麗しく。忙しくしていたので、ついご無沙汰《ぶさた》しておりましたが、緊急のご用事とか?」

慇懃に挨拶をしたオリカだったが、そこに他国の国王に対する畏敬の念はなかった。

「今も、貴国の農務大臣殿が訪ねてこられて、小麦の収穫量が足りなくなりそうだから、黒国で開発した春蒔《ま》き用の小麦の種子が欲しいと仰られまして」

「確か、黒国は恵まれない土地であったから、様々な品種を開発しているのだったな」

国王が応じる。オリカは頷いた。

「はい。春蒔き小麦の品種もいくつか。今年蒔くなら時間もないので、慌てて国許《くにもと》に検討依頼の書簡を送ったところです」

「そうか」

国王が簡単に相槌《あいづち》を打つ。オリカの瞳が剣呑な光を帯びた。

「農務大臣殿はこれまでも何度も来られて、欲しい欲しいと仰られていたが、新しい品種は黒国の財産です。そんなに簡単に融通できるようなものではありません。やっと今日、白国の農家では昨冬の冬蒔きの時点で既に種籾《たねもみ》まで食い潰していて、今まさに収穫している小麦が去年の半分しか見込めないということを教えて下さいましたので、それなら仕方ないということで、要求を前向きに検討することにしました。まったく、そういうことはもう少し早く、はっきりと言って下さらないと。そうしたら余裕を持って準備をできたかもしれないのに」

笑顔のまま滔々《とうとう》と嫌味を言われて、国王のこめかみがひくりと引き攣《つ》った。

オリカは短期間でこの国のことを調べ上げていた

のだろう。状況は知っていたが、農務大臣が春蒔き小麦を欲しがる本当の理由を言うまでは渡すつもりはなかったと、暗に伝えてきているようだった。

「そ、それは結構。有意義な会談となったようだな」

国王は咳払《せきばら》いをした後、感謝する側のはずであるのに偉そうに答えた。オリカは額を手で覆って「ええ、とても」と答えながらも、あからさまに呆《あき》れたような溜息を吐く。国王がひくりとこめかみを引き攣らせたのがサウロから見えた。

「ところで、貴殿を呼び出したのは、せっかく我が国まで来たのだから、月の宮で楽しんでみてはどうかと思ってな」

なんとか気を取り直したらしい国王の提案に、オリカは茶色の目をぱっと輝かせた。

「それは月の宮に入る許可をいただけるということですか?」

国王の思惑通り、オリカは食い付いた。


途端、サウロの胸にずきりとした感覚が走る。痛いというよりは苦しい。この痛みも初めて感じるもので、正体がわからない。サウロは自身の不安を宥《なだ》めるために、そっと自分の胸を手で押さえる。

「やはりアルファだな。白国のオメガは極上だぞ? 何しろ、それだけが仕事だからな。黒国のオメガなど抱けなくなるかもしれないな」

オリカが興味を示したことで、国王は機嫌をよくしたらしい。

「そんなにすごいんですか」

「もちろんだとも。貴殿ならどんなオメガを選んでもよいぞ」

アルファなのだから、オメガに興味があるのは当然だ。だが、国王と歓談するオリカに、サウロの胸はむかむかとした。

「それはありがたい。やっと当初の目的も果たせます」

「早速、行ってみるとよい。ここに控えているのは月の宮を任せているオメガだ。これに案内させる」

オリカがやっと身体ごとサウロを見る。

「ああ、道理で、綺麗な人だと思っていたんですよ」

取って付けたような褒《ほ》め言葉だと思った。

「ははは。気に入ったようだな。だが、これは駄目だ。今は発情期ではないからな。それにこれの次の発情期の相手は俺と決まっている」

サウロは胸に当てていた手に力を込めた。

発情期は着実に近付いている。そろそろ、覚悟を決めなければならない。

「白国ではオメガを発情期にしか抱けないいんですか?」

オリカは興味がないのか、サウロのことは追求せずにそちらを確認する。

「そうだ。抱いていいのは発情期のオメガだけだ。それを破った場合、オメガだけではなくアルファも極刑ものだ。いくら異国のアルファでも月の宮での規則は守ってもらうぞ」

「肝《きも》に銘《めい》じておきます。長殿、よろしく頼みます」

サウロは冷めた思いで、笑顔を向けてくるオリカに向かって頭を下げた。


こちらへと告げたきり、サウロは口を閉ざした。

オリカは無言でサウロの後に付いてきている。

背後の気配を感じながら、サウロは閑散とした王城の石造りの廊下を足早に進む。

この役目を一刻も早く終わらせてしまいたかった。

月の宮には、中断してきてしまった仕事が山積みになっている。食事の量のことを、王城で食糧を管理する役職に就いているアルファに談判しにいかなければならない。リオには待つように言ったが、春になったからといって改善される見込みなんてない。談判する以上は、見返りも考えなければならない。もっとも、アルファへの見返りに渡せるものなど、オメガしかない。そのアルファが抱くことを許可されているよりも上位のオメガの部屋への入室許可を、取引材料にする。

「待ってくれ」

不意に腕を摑《つか》まれた。サウロはその手を反射的に振り払っていた。

「悪い」

目の前には困ったようなオリカの顔があった。

「な、なんでしょうか」

異国のアルファをどう扱えばいいのかわからず、サウロは自身を守るように腕を自分の身体に回し、オリカの様子を窺いながら問いかけた。

「……やっぱり、間違いない」

ふっとオリカが笑みを浮かべる。その大きな手がゆっくりとサウロに近付いてきて、頰《ほお》に触れた。びくりと身体が恐怖ではない何かに震えた。何が起きているのかわからないサウロは身を硬くしながらも、しっかりとオリカを見据える。

「月の宮の長のサウロ殿」

オリカの雰囲気は葬儀のときや国王を前にしているときとは違っていた。先ほどは国王に対して笑みを浮かべながらも堂々とした雰囲気だったが、今は柔和そのものだ。サウロを呼ぶ声も優しい。

「シアちゃんのお兄さん。だよね？」

「っ、シアを、知っているのですか？　あ……」

思いがけず出てきた名前に反応してしまい、サウロは慌てて唇を閉ざした。オリカが来たときからずっと心に引っかかっていたが、聞くことは許されないと思っていたことだった。

サウロの異父弟のシアは、今は月の宮どころか白国にもいない。白国では野蛮とされ、オメガにとっては恐怖の的であった黒国で暮らしている。

オリカの茶色の瞳が優しく細められる。

「シアちゃんの番《つがい》とは旧知の仲でね。二人の間には子供も生まれて一緒に幸せに暮らしているよ。白国から送られてきたオメガの子もシアちゃんが責任を持って面倒を見ている。シアちゃんに、もし兄上に会えたらそう伝えて欲しいって言われてきた」

「そう、ですか……」

伝えられた弟の言葉に内心で酷く安堵《あんど》しながらも、サウロはそれを顔に出さないように努めた。

「弟のことが気にならないの？」

気にならないはずがない。たった一人の血の繋がった兄弟だ。サウロと同じように前国王に疎まれて、サウロ以上に酷い扱いを受けていた弟。挙句の果てに月の宮から捨てられた。黒国でアルファに保護されて無事に暮らしていることはサウロも知っていたが、その後どうしているのかずっと心配していた。

だが、自分は月の宮の長だ。サウロの全ては白国のオメガとアルファのためにある。月の宮のオメガを治め、アルファに尽くすことが長の仕事だ。月の宮から捨てられ、なかったものとされた者を気にかけることは許されない。

サウロは胸の内を見破られないようにオリカからふいと顔を逸らした。

「あの子はもうこの国のオメガではありませんから。私とも関係ありません」

「本当に？」

「本当です」

確認されて、そんなわけがないと心の中で訴えながらもサウロは表には出さなかった。

「そ、それより」

サウロは拳をぎゅっと握った後に辺りに人気がないことを確認して、オリカを睨み付けた。

「この国で、番のことは禁忌です。決してその言葉は口にしないで下さい」

「アルファとオメガが唯一を定め合うことが？」

発情したオメガは、アルファの発情を誘発する。オメガの発情は、どんなアルファにも有効だ。ただし、番と呼ばれる関係を持つ者は例外である。ひとたび番が成立すると、そのオメガの発情は番のアルファの発情しか誘発しなくなり、アルファは番のオメガにしか発情しないようになる。

一対のアルファとオメガで完結する関係を、白国はもうずっと禁じている。

「ですから、その話はこれ以上はしないで下さい！」

「俺は長殿と番になりたいのに」

さらりと言われた内容にサウロは絶句した。

「な、にを……？」

目を見開き、戸惑うサウロとは対照的に、オリカはにこやかだ。凪《な》いだような優しい笑顔を浮かべている。

「前国王の葬儀で、一目見た瞬間にわかった。長殿は、俺の運命の相手だ」

「運命ですって？」

ざわりとサウロの中で何かが波打つ。

「そうだよ。長殿は知っているだろう？　出会った瞬間から惹かれて止まない、アルファとオメガの至高の関係」

運命という言葉で思い出すのは前国王だ。サウロの母親を運命と呼んで憎んでいた男の瞳の色が脳裏に浮かんできて、サウロはぎゅっと唇を噛《か》んだ。

「長殿に出会った瞬間、世界から長殿以外の全てが消え失せるかのような錯覚に陥った。あの距離で、光を弾く睫毛《まつげ》の一本までが鮮明に見えて、呼吸が止まって、胸がいっぱいになった」

サウロの心情を知らず、オリカはうっとりと語る。

「やっと見付けた。そう直感して、泣きそうになった」

「そんな風には、見えませんでした」

自身も気付いたら息を詰めていたことを思い出したが、関係ないとサウロは小さく頭を振って否定した。

「さすがにあの場ではどうにもできないからね」

ははっと、オリカは笑う。

「俺はね、この国に運命の相手を探しにきたんだ。まさか一発で見付かるなんて思わなかった。俺は最高に運がいい」

精悍な顔を嬉しそうに崩してオリカは続ける。

「で、でも、あなたはつい先刻、月の宮のオメガを抱けると嬉しそうにしていたじゃありませんか」

「そうだよ。俺が抱きたいのは長殿ただ一人だ」

オリカは笑みを消し、今度は真剣な瞳でサウロをまっすぐに射貫《いぬ》いた。

「どうやったら長殿に近付けるか、ずっと考えていた。月の宮の長、つまり、白国で最も位の高いオメガだ。簡単に攫《さら》えるような相手じゃない」

ぐっと喉《のど》が詰まった。オリカの言葉の意味がまったく理解できない。オメガはアルファの所有物だからどんな勝手も許されるとでも考えているのだろうか。怒りにも似た感覚が湧き上がってきて、唇がわななく。

「私を攫う？　何を馬鹿な」

辛《かろ》うじて答えた言葉は微かに震えていた。

「だって、白国は、オメガにとって生きにくい所だろう？　月の宮に閉じ籠って、外に出ることもできない。俺と一緒に黒国に来てくれたら、もう辛い思いはさせないよ」

まるで聞き分けのない子供を相手にしているかのような言葉に、サウロはオリカの意図するところを理解した。覚えた怒りは急激に冷えていった。確かに月の宮は制限も多く、窮屈な場所だ。だが、余所《よそ》から来た人間に攫ってもらうような謂《いわ》れはない。月の宮の、そこで生きるオメガのことなんて何も知らないくせにとサウロは冷めた思いで返す。

「あなたが仰っているのは、月の宮の外での話です。月の宮にいる以上、私達はアルファ様に守られていません。それに私は辛い思いなんてしていません」

最後の言葉はまるで自分に言い聞かせているようだと思った。

オリカは一瞬黙って、痛ましそうな表情でゆるりと頭を振った。

「たとえそうだとしても、好きでもないアルファに抱かれなくてはならない」

「っ……！」

オリカの言葉はサウロの胸を抉《えぐ》った。

次の発情期が来れば、サウロもそうなる。先ほどの国王の発言に続いて現実を突き付けられて、眉間に皺が寄った。

あれ、とオリカが首を傾《かし》げて、サウロははっとする。オメガなのにアルファに抱かれたくないと思っていることを気付かれるわけにはいかない。

「アルファ様を産むことこそが私達の存在意義です。アルファ様に抱かれることが辛いわけがないでしょう。それに、私は月の宮の長です。その役目を放り出すなんてありえない」

離して下さいと、頬に触れたままだった手を振り払った。払ったのに、そこに体温が残っている。サウロはごしごしとそこを擦った。

「世迷言《よまいごと》はそれくらいにして下さい。二度と、番だとか運命だとか口にされませんように。特に月の宮では。私以外のオメガ達はその言葉すら知らないから余計な混乱を招いてしまいます。いいですね？」

「……悪かった、気を付ける」

オリカは悲しそうにしながらも応じてくれた。しゅんと肩を落として謝られてサウロの胸がちくんと痛んだ。

「いえ、私こそ失礼なことを申し上げました。ご容赦下さい」

謝られて初めて、サウロは自分の言葉がアルファに向けてはいけないようなものだったと気付いた。咎《とが》められなかったことに安堵すると同時に、アルファに謝罪されたことが落ち着かない気分になった。白国でアルファがオメガに謝ることは絶対にないからだ。

「参りましょう」

なんとか気を取り直し、踵《きびす》を返して月の宮に向かう。オリカは大人しく後ろを付いてきた。日が傾きかけている。サウロよりも一回り以上大きな影がサウロの影をすっぽりと覆う。その光景に、サウロは小さく肩を震わせた。

この男に奪われる。そんな、恐ろしい予感があった。

(駄目だ。番なんて、絶対にいけない)

白国はアルファ達に導かれ発展を続けてきた。様々な血筋を組み合わせて、より強いアルファを誕生させるために白国では一対を定める番という仕組みが否定され、秘匿されてきた。アルファですらその仕組みを知るのは一部の者に制限され、オメガでは長だけに伝えられてきた。

馬鹿らしいと、サウロは思った。番もそうだが、自分がオリカの運命の相手だなどとありえない。大体、結局のところ、オメガはアルファから逃げられないということではないか。


「ここが、歓喜の間です。発情期のオメガを集めていますので、気に入った者がいれば選んで下さい。裏から入って別室に移動できるようになっていますので」

月の宮の正門を入ってすぐのところには、歓喜の間と呼ばれる建物がある。白い建物が、薄い月の浮かんだ春の夕暮れの下に佇んでいる。

歓喜の間の建物は豪奢だ。白国が最も富み栄えていた頃に建てられたもので、細部までこだわりを持って造られている。建物の扉には、現在に至るまで未《いま》だに及ぶ者がないというアルファの彫刻家によって白国の建国神話が刻みつけられている。

その昔、この地に住んでいたのはベータとオメガだけだった。大多数のベータは、発情期のためにろくに働くこともできないオメガを蔑み、オメガは衣食住にも困る暮らしを強いられていた。そこに光り輝く者という異名を持つアルファの始祖が現れ、ベータを導き、オメガにはアルファの子供を産むという役割を与えて下さった。

白国の守護獣とされる狼が見守る白国の建国神話は、アルファを讃《たた》え、オメガがアルファに救われて保護されている事実を訴えかけてくる。この扉を潜《くぐ》るたびに、アルファは自尊心を擽《くすぐ》られ、オメガはアルファに感謝しなければと感じるらしい。

中に入ると、いくつもの小部屋が並んでいる。

「これは……」

オリカが眉間に皺を寄せた。

小部屋には硝子《ガラス》が嵌め込まれている。硝子の向こうには一部屋に一人、発情期のオメガが入っている。

「どうぞご覧になって下さい」

オリカを先導して廊下を進む。

『アルファ様、助けて、抱いて下さいっ……！』

オリカを見付けたオメガが硝子に擦《す》り寄って、硝子越しにくぐもった叫び声を上げてくる。発情期で理性を失っている彼らは、本能でオリカをアルファと見抜いたのだろう。

『お願い、お願い……っ』

『こっちに来てぇっ！』

オメガが発情期に発するアルファの性欲を誘発する性フェロモンと呼ばれるものは遮断されているが、それでも完全ではない。ここに入った途端、アルファであれば欲望に目をギラつかせ、獰猛《どうもう》な表情でオメガの品定めを始める。

「酷いな」

だが、オリカは少し息苦しそうにしただけで、他の変化が見られなかった。硝子越しに、身体を火照らせて助けてと呻《うめ》くオメガ達を痛ましげに見ている。

「これは、いつものことなのか?」

「そうです。アルファ様に効率よく抱いていただくために、また、どなたの種をいただいたのかを管理するために、ずっと昔からこうしています」

廊下を一往復して、元の場所に戻ってくる。

「そうか。……一度、外に出ても?」

「お気に召す者はいませんでしたか? ここの他にも居住棟の方に発情期のオメガ達がいますので、空いていればご案内できますよ」

サウロは淡々と告げた。

歓喜の間には同じような小部屋の並ぶ廊下がいくつもあるが、昔に比べるとオメガの数が激減しているため、今使われているのは一部だけだ。

ただし、ここにいるのは血筋から位が低いとされているオメガばかりだ。位の高いオメガは居住棟の中で個室を持ち、発情期には自室で選ばれたアルファを待つ。白国のアルファはより位の高いオメガを抱きたがる。その方が強いアルファが生まれやすいからだ。

「十分だ。それより少し話がしたい」

オリカも白国の制度を知って位の高いオメガを望むのかと思ったが、そうではないらしい。

「話? わかりました」

オリカの言葉にサウロは訝《いぶか》しみながらも頷き、月の宮を出た。

すっかり日が落ちていて、月の宮の白い建物が先ほどよりもはっきりとした月光に淡く照らし出されていた。

「おや、これは確か黒国のアルファ殿」

薄がりの中、角灯を手にしたアルファがやってきて、オリカに目を留めた。月の宮の外から歓喜の間にやってきたところなのだろう。

「陛下から月の宮に入るお許しが出たそうで。せいぜい種馬としての役目を果たして下さいよ」

アルファはせせら嗤《わら》う。手元の、月の宮ではアルファだけに持ち込むことが許されている火の灯りがゆらゆらと揺れた。

「任せて下さい。極上のオメガに相手をしてもらうので」

「なんだとッ?」

オリカの返答に、アルファが牙《きば》を剝《む》くような表情を見せた。自身がオメガの居住棟に入る資格を持たないことを馬鹿にされたと思ったのだろう。

「グラウ様」

サウロは咄嗟《とっさ》にアルファの名前を呼んだ。

「本日は、一番奥の部屋に青位のオメガがおります」

「青位?」

サウロの言葉にアルファが驚きの声を上げた。興味を向けてくれたことにサウロはほっとする。

「ええ。ご存知のとおり、銀、水色に次ぐ位のオメガです。本来なら事前にお相手を決めさせていただく位の者ですが、たまたま今回の発情期にちょうどよいアルファ様のご予定が空いておられなかったので、歓喜の間に入らせています」

「それはいいことを聞いた。早い者勝ちだな?」

「もちろんです。お気に召されるようでしたら、どうぞグラウ様がお選び下さい」

「青位か。ククッ、絶対にアルファを孕ませてやる」

アルファはもうオリカのことはどうでもいいとい

う様子で、足早に歓喜の間へ駆け込んでいった。

グラウの姿が消えると、オリカは宵闇の空気を深く吸い込み、サウロの顔を覗き込んできた。明るい茶色い瞳に、昏い何かが宿っている。

「……長殿も、発情期にはここに？」

「いいえ」

自分の深淵《しんえん》まで覗《のぞ》き込まれそうに感じて、サウロの声は僅かに震えた。途端、オリカの瞳が見開かれて昏いものが消えたが、次のサウロの言葉で再び翳《かげ》る。

「上位のオメガは普段から一人部屋をもらえるので、発情期にはこの歓喜の間ではなく、奥のオメガの居住棟の自室で、奥に入ることを許された特別なアルファ様をお迎えすることになっています」

どうやらオリカは知らなかったらしい。

「……そうか、そうだよな。それが白国のオメガの役割だもんな」

はあとオリカは落ち込んだ顔になって深い溜息を吐いた。オリカの言葉にサウロはどきりとしたが、平静を装った。サウロの過去など、この男には関係がないはずだ。

「歓喜の間でどうしてオメガを選ばなかったのですか？　……どうして、選ばずにいられたのですか？」

アルファなのに。先ほどのグラウはおそらくもうオメガを硝子張りの部屋の奥にある寝室に引きずり込んでいる頃だろう。アルファとは、そういう生き物のはずだ。頭脳も体格も優れた存在であるが、オメガという餌《えさ》に対してだけはどこまでも貪欲で獰猛になる。

サウロの疑問にオリカは苦笑する。

「実は、薬を飲んでいる」

「薬？」

「オメガの発情に誘発されなくなる抗誘発薬だ。こちらのことはよく知らないが、黒国ではアルファとオメガのために様々な薬が開発されている」

国王が使っていたものと同じ薬だ。もう死者の国に行ったはずの男のことを思い出す。冷たい瞳が、発情して悶《もだ》え苦しむサウロを眺めるときだけ、愉悦に浸っていた。

「どうして、そんなものを飲んでいるのですか……」

「アルファはオメガの発情には逆らえないから。さっきも、さすがにあれだけ発情期のオメガが密集していると、遮断されていてもすごいな。理性を失ってしまいそうで焦った。発情期のオメガを近付けられたら目的が果たせなくなる」

「目的……。白国を黒国の属国にでもなさるおつもりですか？」

サウロの問いかけを、オリカは笑い飛ばした。

「まさか。そんな面倒なこと、黒国では誰も望んじゃいない」

「面倒、ですか？」

「そうだ。領土を広げたところで、管理が面倒になるだけだ。俺達黒国のアルファは唯一の相手を求めて止まない。ただ一人以外はいらないから、大勢のオメガを囲うことに意義を見出《みいだ》せないし、面倒や責任が増えて唯一の相手と一緒に過ごす時間が減るのも嫌だし、ましてやこんな風に唯一の相手を誰かと共有することなんて理解不能だ」

オリカは真っ向から白国の仕組みを否定した。

「俺が薬を服用している目的は、唯一の相手を見付けて俺だけのものにしたいからだ。そうじゃないオメガに惑わされたくはないんだ」

じっとオリカの瞳がサウロに向けられる。薄闇の中で濃くなった瞳の茶色が風に揺られたようにゆらりと揺れる。サウロの胸にじんと熱いものが込み上げてくる。

だが、サウロはその感覚を敢《あ》えて無視した。

「馬鹿なことを言わないで下さい。ここにいるオメガ達を抱かないというなら、今日は退出を」

「俺は居住棟には入れないのか？」

サウロはオリカの言葉の真意を理解したが、気付かないふりをした。

「陛下が、どんなオメガでも抱いていいという許可を出されました。お望みならどこへでもどうぞ。好みのオメガがいればお教え下さい。予定を調整できるように陛下にご相談します」

「じゃあ長殿を」

せっかく気付かないふりをしたのに、オリカはあっさりサウロの名前を口にする。

「私は、次の発情期には……」

「わかってる。ごめん、困らせたいわけじゃないいんだ」

オリカは寂しそうな笑みを浮かべてみせた。

「それに無理強いはしたくない。だけど、また会いに来てもいいかな？」

「会いに？　今、私の次の発情期は陛下がお相手して下さると理解されたのではなかったのですか？」

サウロの疑問にオリカは苦笑した。

「違うよ。発情期は関係ない。会いに来て、話したりするだけ」

「話す？　何のために？」

「俺が長殿に……サウロに会いたいから」

不意に呼ばれた名前は、特に大きい声でもないのに、サウロの胸に響いた。

「会いに来られたところで、抱けないのに？」

「もちろん、それで構わない。オメガを抱かないのに月の宮に立ち入ることは、規則に反していたりする？」

「……いいえ。そんな規則はありません」

サウロは正直に答えた。白国のアルファは発情期ではないオメガには興味がない。そして、オメガがアルファを産むという役目を持つように、アルファにはオメガにアルファを産ませるという義務がある。月の宮に入りながらオメガを抱かないなどアルファの名折れと考えている。そんな不名誉を自ら被るアルファは白国にはいない。

「よかった」

優しくて何もかもを受け入れるような明るい笑顔が向けられる。ふわりと、爽やかな香りがサウロの鼻を掠めた気がした。

サウロは何も答えられなかった。

オリカはサウロの手を持ち上げ、軽く握った。

「またね」

オリカはそう言うと、サウロの手にほのかな熱だけを残して月の宮から去っていった。

■　■

月の宮は四方を頑強な石造りの壁で囲われている。門は二つある。一つは物資の搬入用で、門が二重になっている。城の使用人が外から物資を運び入れて二つの門の間に置いて去る。外門が閉ざされたのを確認して内門が開き、中からオメガが出てきて物資を受け取る。外と中の人間は決して顔を合わせることがない。

もう一つは、正門である。こちらもやはり二重になっていて、門の間は人が一人通れるような狭い通路になっている。この門を潜ることができるのはアルファ、そして月の宮で長の役割を果たすサウロだけだ。

内門は閂《かんぬき》がかけられているだけだ。

オリカを月の宮に案内するようにと国王に命じられてから二日が経過した。今日もまたサウロは国王に呼び出された。

サウロが正門の内門に向かうと、内門の横で椅子に座って見張り番をしている五十歳手前くらいのオメガの女性がうつらうつらとしていた。

「エマ、起きてください」

呼びかけると、エマがサウロに気付いて顔を上げる。

「おや、サウロ様。お出かけですか?」

「ええ。陛下に呼び出されていて」

エマはやれやれと腰を叩きながら立ち上がった。

「今日は何ごともありませんか?」

「はい。何ごとも。暖かくなってきて見張り番がしやすくて助かります」

「それはよかった」

「そういえばグラウ様が、今日二日ぶりに出ていかれましたよ」

世間話のようにエマは語る。

オメガの発情期は七日間続く。アルファはオメガの発情に当てられるが、七日間ずっとオメガと過ごすことはほとんどない。アルファには仕事があるからだ。

オメガの発情には波があり、波が引いたときにはオメガだけではなくアルファも発情を抑えられるため、その間にオメガのもとを去る。二日間も月の宮に籠りきりというのはあまりないことだ。

「青位の者が相手だったからでしょう。先ほど、相手の青位のオメガの様子を見てきましたが、特に問題はなさそうでした」

「そうですか。前回グラウ様がいらしたときはご不満そうでしたが、今回はご満足いただいたのですね」

エマはほっとした様子で頷いた。サウロも頷き返す。

「些細《ささい》なことでも気付いたことがあればすぐに教えて下さい。私が不在の間はいつものように」

「心得ています」

エマは応じて重い閂を大儀《たいぎ》そうに上げてくれた。

「お気を付けて」

エマに見送られ、サウロが狭い通路に入ると、背後で門がかけられた音がする。

通路を進み、外門の内側にある小窓を叩くと、小窓が開いて外を見張っている門番が顔を覗かせた。外門の門番はベータの兵士だ。彼らはサウロが中から出てくると、いつも汚い物でも見るような目を向けてくる。

「月の宮の長か。何の用だ?」

「陛下からお呼び出しを受けました。開けて下さい」

「チッ」

舌打ちされて小窓がパタンと閉じられる。

サウロは溜息を零した。国王の用件に目星はついている。オリカのことだ。歓喜の間に入ったのに、オメガを抱くこともなくさっさと出ていってから、オリカは一度も月の宮に来ていない。

目的はともかく、来ると言ったはずなのに。有言実行してくれたら国王からの呼び出しはなかっただろう。サウロは嘆息した。

少しして外門が開く。サウロは門番達の突き刺さるような視線を受けながら国王の執務室に向かった。


「あの男、歓喜の間に入ったのに誰も抱かなかったそうだな?」

案の定、国王の用件はオリカのことだった。

「この役立たずが！　あいつは骨抜きになるどころか、さらに増長しているではないか！　今度は白国の中枢にベータを採用しろなどと言い出したぞ！　いくらアルファの数が減っているとはいえ、ベータなどに重要な仕事を任せられるか！」

国王はサウロを怒鳴りつけた。苛立ちは先日よりもさらに増しているようだ。

「申し訳ございません」

サウロは言い訳することなく謝罪した。神妙な態度に国王は少しだけ溜飲《りゅういん》が下がったのか、はっと息を吐き出し、椅子に深く座った。

「とにかく、あの男をまた月の宮に連れていけ。今頃は客室に籠ってよからぬ算段をしているはずだ」

国王は端的に命じてきた。

「今すぐに」

サウロはこれ以上何かを言われる前にと、国王の命令に慌てたふりをして、王城の中でオリカに宛てがわれている客室へ足早に赴いた。

国賓《こくひん》には城内に点在する客室棟が丸ごと一つ与えられる。オリカに与えられた客室棟は人気がなく、ひっそりとしていた。普通は国許から連れてきた侍《じ》従《じゅう》や護衛が少なからずいるはずなのにとサウロは不思議に思う。

玄関は開け放たれていた。取り継ぎを頼もうにも誰もいない。どうしたものかとサウロは困ってしまった。

声を張り上げて中の者を呼ぶなんて、したこともない。いくら王がオリカを月の宮に連れていけと命じたからと言って、勝手に入るわけにもいかないだろう。

「私に会いに月の宮に来るって、自分で言っておきながら……」

立ち往生したままどうすることもできず、サウロは自分を困らせている張本人を詰《なじ》った。

運命だのなんだのと思わせぶりな言葉を並べ立てておきながら、丸二日放置する程度のものだったのだ、自分は。そう思うと怒りが込み上げてきた。

「あれ？　もしかしてオリカさんに用事ですか？」

背後から突然声がかかって、サウロは振り向いた。

そこには、ベータの侍女に案内されて、一人の男が立っていた。取り立てて特徴のない、飄々《ひょうひょう》とした雰囲気の優男だ。浅黒い肌で、身に着けている衣服がオリカのものと似ている。黒国の人間なのだろう。案内していた侍女がサウロを見て顔を顰《しか》めた。

「この方は月の宮の長です。オメガですよ」

侍女はサウロのことを告げ口するように男に囁く。

「ああ、オメガなんだ。へえ」

サウロは身構えたが、男はサウロをもう一度見てにこりと笑う。

「ここまででいいよ。あとはわかるから。ありがとう」

男は礼を言って侍女を帰してしまう。侍女はサウロの方を敵でも見るように睨み付けてから踵を返した。

「俺は黒国の者で、ナギトと言います。黒国からオリカさんへの届け物を持ってきたんです。あなたもオリカさんに用事が?」

「え、ええ」

サウロがオメガだと知っても、ナギトと名乗った男はにこやかな態度を変えない。

「なるほど。誰もいないからどうしたらいいか悩んでいたってところですね? 一緒に入りましょう。俺はもう二回目なんで」

そう言ってナギトはサウロを先導するようにして客室棟の中に入っていった。

「さあ、こちらへ。黒国からはオリカさんしかこちらに寄越していないので、ご不便をおかけして申し訳ない」

「一人、だけですか?」

それは他国からの使節としては異例のことだ。

「実は、黒国の中でも白国にどこまで関わるべきか、人員を割くべき価値があるのかでまだ議論がありましてね。オリカさんはアルファだから、まあ一人でもなんとかなるだろうってことで派遣が決められたんです。オリカさんの希望もあったし」

オリカの希望と言われてサウロの脳裏に、運命の相手を探しに来たと言っていたオリカの言葉が蘇った。

「この部屋です。オリカさん、入りますよ」

ナギトは玄関からすぐの部屋の扉をトントンと叩いて返事が来る前に開けてしまう。

「ナギトか？」

部屋は書斎のようだった。窓際に扉に向かった机があって、机は大量の書類に埋もれていた。

オリカは書類に目を向けたまま、声の主を言い当てる。

「ええ。陛下からの手紙を持ってきましたよ。あと、春蒔きの小麦の種籾も後の船で」

「許可が下りたのか。よかった」

オリカがやっと顔を上げた。その顔には疲労が色濃く漂っていたが、サウロを視界に収めた途端に勢いよく立ち上がった。

「長殿！」

顔を上げた瞬間には胡乱《うろん》げだった茶色の瞳に喜色が宿る。一瞬での雰囲気の変わりようにサウロは圧倒された。

「どうして長殿がここへ？」

オリカは机を回り込んでサウロの前までやってくる。

「客室棟の前で所在なさげにされてたからお連れしたんですよ」

サウロが口を開くよりも前にナギトが答える。

「そうか、ありがとうナギト」

オリカは屈託ない笑顔でナギトに礼を言った。

「だけど、長殿がとびきりの美人だからってそれ以上見るな、近付くな。減る」

礼を言ったのと同じ口でオリカは唇を尖《とが》らせ、サウロをナギトの視界から隠すように間に入る。

「彼は俺が落とそうとしているんだ」

自分の国の人間に対して敵愾心《てきがいしん》を露《あらわ》にするオリカ

に、ナギトはにやにやとした笑みを浮かべた。

「へえ、オリカさんにもとうとう春が。……でもまだまだ遠いようですけどね」

ナギトはサウロの平静な態度を見てオリカをからかう。

「うるさいぞ」

「はは、図星だった。あ、俺はちょっと水をもらってきますね。急いで来たから喉が渇いて」

ナギトはそう言うと、サウロにさっと目配せをして書斎を出ていった。

「あいつ、気を利かせてくれたつもりか」

オリカはナギトが消えた扉を見て溜息を零す。

「彼は、ベータですよね？」

確信があったが、念のためサウロが問いかけるとオリカは振り向き、頬を緩めた。

「そうだよ」

「……そうですか」

黒国ではアルファ、ベータ、オメガの間に身分差がないということはサウロも知っていたが、その事実をまざまざと見せ付けられた気分になっていた。

ベータのナギトがアルファであるオリカに軽口を叩き、オメガであるサウロに対して普通の態度を取る。

「まさかナギトに興味を持ってないよな？」

オリカが慌てたようにサウロに聞いてきた。サウロは柳眉を寄せた。

「私は黒国の方には興味ありません。今日、こちらに参ったのも、陛下からあなたを月の宮に連れていくようにと命じられたからです」

「……もしかして、長殿に会いに行くって言ったのに行かなかったから怒ってる？」

立派な体格をしているのに子供のような情けない表情で聞いてくるオリカに、サウロは腹が立った。

「別に。最初から期待なんてしていませんし」

「ごめん！　今、本当に手が離せなくて」

そんなことは先ほどの疲れた顔とこの部屋の有様を見ればわかる。第一、サウロは怒ってなどいないと言ったのに。

「先にそっちから来てもらうなんて本当に情けない」

オリカは額を手で覆い、深い溜息を吐いた。

少なくともオメガにかまけて仕事を放り出さない程度には責任感が強いのだろう。

「いくらアルファでも、一人でというのは無理があるのではないですか？」

単に白国のわからず屋の大臣達と折衝するだけの仕事ではない。白国の現状を分析し、必要な援助とそうではないものを瞬時に判別することも求められている。

オリカはパチパチと瞬きをした後に笑顔になる。

「ありがとう、心配してくれて」

「っ、私は、心配なんてしていません」

まさかそう取られるとは思ってもいなかったサウロは即座に否定する。しかし、オリカの笑みは一層深まった。

「はは、そうか」

「そうです」

「……俺が来たいって我儘言ったからな。頼みにくいんだ」

「我儘、ですか？」

「そう。白国との関係についてはまだ議論のあるところなんだけど、俺がどうしても白国に行くって言い張って強行させてもらったんだ」

先ほど、ナギトも同じようなことを言っていた。

「どうして、そこまでして」

「運命の相手を探しに来たって言っただろ？　黒国のアルファは誰だって運命の相手に恋い焦がれてる。俺は運命の相手に出会う確率が高そうだなって思って、出会いの多そうな国境の兵士をしてたけど、この年齢まで出会えなくてさ。正直諦めかけてた」

オリカの瞳がサウロを熱く見詰めてくる。サウロは居心地悪く、目線を僅かに逸らした。

「でもシアちゃんが現れた」

「シア……」

弟の名前にサウロはどきりとする。

「シアちゃんとその運命の相手を見ていたら羨《うらや》ましくなったんだ。俺もこんなに可愛い番が欲しい。やっぱり俺もどうしても運命の相手を見付けたい。そのためには可能性があるなら白国だってどこだって行こうってね。大正解だったわけだけど」

オリカが弟のことを褒めた途端、サウロの胸がツキンと痛んだ。弟は幼い頃のまま純真無垢《むく》に成長した。対して、自分はどうだ。先代国王からの仕打ちで普通のオメガとしての人生を歩めず、アルファを求めないどころか嫌っている。歪《いびつ》なオメガと言う他ない。改めて自覚すると、急に自分がみっともない存在に思えてきた。

目の前のオリカもこのことを知ればきっとがっかりするだろう。

「どうかした？」

オリカはサウロの異変を敏感に感じ取り、気遣ってくれる。

「いいえ、何も。私の用事は済みましたから、帰ります」

サウロがいくら言ったところで、この様子では月の宮には来れないだろう。そう判断してサウロは早々に退出することに決めた。

「ごめん、なるべく早く時間を作れるようにするから」

「……そうして下さい。陛下もそれを望まれていますから」

オリカはなんとも言い難《がた》い顔で去っていくサウロを見送った。

■　■

毎日のようにサウロは国王に呼び出され、オリカを月の宮に連れていくように命じられる。

オリカはいつも書類に埋もれている。

『行きたいのはやまやまなんだが、今日も無理なんだ』

オリカはサウロが来るととても喜んで、至極残念そうにしながら断ってくる。

白国のアルファがなんだかんだと面倒なことを言っているときもあるし、ナギトや他の黒国の伝令と話している日もあった。

おかしなことに、逼迫しているはずの白国の国王はサウロにぐちぐちと文句を言うくらい暇なのに、賓客扱いのはずのオリカは寝る暇もないくらい多忙らしい。

今日は、誰とどんなことをしているのだろう。

日課のような国王からの呼び出しを受けて、月の宮の正門の内門と外門の間の通路でぼんやりと考えていたサウロは、外門が開いた音で我に返った。門番達がサウロを不躾《ぶしつけ》な視線で眺めてくる。

「最近、毎日陛下のところへ行っているようだが、発情期でもないいんだろう？　仕事もせずに何をしているんだか」

彼らの言う仕事とは、子供を作ることだ。月の宮の長には他に多様な仕事があるなどと思ってもいないらしい。

「陛下を堕落させて、贅沢をしようと画策しているんじゃないか？　まだ即位されて間もない陛下なら懐柔しやすいとでも思っているのか？」

いつもとは違う言われ方だった。彼らはこれまで、どれだけオメガを蔑んでも、アルファの資質を疑うような言葉を発したことはない。アルファに盲目的と言えるほどの忠誠を誓ってきたはずだ。

「大体、働きもしていないお前達が俺達よりも立派な食事をして、綺麗な服を着ているのが間違いなんだ」

「そうだ。そもそも、子供はともかく年寄りのオメガなんて存在価値もないのに、オメガだっていうだけでどうして同じように保護されているんだ？」

「役目を終えた者は、他の者や子供達の面倒を見てくれたり、様々な雑用をしてくれたりしています。必要な存在です」

サウロは返したが、門番達は鼻で笑った。

ふと、ナギトのことを思い出して、サウロの気持ちは暗くなる。黒国のベータは、サウロに普通に話しかけてくる。どうして、隣国なのにこうも違うのだろうと思ってしまって、自分に呆れた。ここは白国だ、黒国ではない。ベータがオメガを蔑むのは当たり前のことだ。

「はっ、どうせ大したことはしてないんだろう。俺達兵士は国境防衛に大勢の仲間を配置されて、王城警備《こっち》は人手が足りないからってろくに寝る暇もないくらい働かされてるんだ。食事もどんどん質素になっていくしよ。それに比べてお前らは……！」

よくよく見れば、彼らはげっそりと窶れた様子で、苛立ったように身体を小刻みに動かしている。

「なあ、厨房《ちゅうぼう》の奴らに言って、こいつらの分の食事をこっそり俺達に回してもらおうぜ」

「止めてください！」

アルファが絶対であった以前ならそんな不正は通じなかっただろう。だが、今はそうではないかもしれない。外とやりとりができず、生きるための糧《かて》を独自に得ることもできない月の宮だ。そんなことをされたらひとたまりもない。

「ははっ、必死だな。いい気味だ」

門番達はサウロを嘲笑った。本気で言っていたのではないことを知って、サウロは悔しさに拳を握り締めた。

「前々から、いつもいつも澄ました顔で俺達を見下したような顔が気に入らなかったんだ。どうだ、止めて欲しかったら俺達にもご奉仕しろよ」

「おい、それは」

門番の一人が、我に返ったように他の門番達を止めようとする。

「発情期じゃないんだろ？　男のオメガじゃ発情期じゃなきゃ子供はできないんだからバレなきゃいいんだよ」

「だが、さすがに」

「うるせえな、ユザ。お前は黙っとけ」

雲行きが怪しくなってきた。

サウロは門番達によって、月の宮を囲う壁に追い詰められていく。止めようとしたユザという名の門番は、どうしたらいいものかとその後ろで戸惑っている。門番達はサウロを追い詰めていくうちに、ごくりと喉を鳴らして、まるで発情期のオメガを前にしたアルファのような表情を浮かべた。

「こうして見ると、やっぱりオメガってのは俺達とは違うな」

「男なのにそこらの女より美人だし、肌なんてすべすべだ」

「アルファ様だけじゃなく、俺達まで惑わしやがって」

「私は何もしていません！」

男達の言葉にサウロは唇を噛んだ。オメガである自分がつくづく忌《い》まわしいと思った。

「陛下に、報告しますよ……！」

こんな状況にあって、結局頼れるのはアルファしかいない。サウロはそのことが悔しくてたまらなかった。

「やってみろよ。発情期ではないときの性交は極刑ものなんだろう？　告げ口したら相手が俺達でも、お前の身も危ないんじゃないのか？」

「それは……」

彼らの言う通りだった。月の宮に属している以上、その決まりは絶対だ。過ちを犯せばアルファもオメガも平等に罪に問われる。ずっと以前に、アルファの種を子供のできない時期のオメガに無駄に使わせないために作られた決まりだと言われている。

「お前達は、どうせそれしか能がないだろう？」

門番達が嘲《あざけ》りを口にして迫ってくる。知られたら彼らもただでは済まない。先ほどのような冗談なのか、本気なのか、サウロにはわからない。

「おい、何かあったのか？」

突然、声がかかった。門番達が慌てたように振り返る。一人だけ後ろにいたユザという門番がほっとした様子で、やってきた男の名前を呼んだ。

「オリカ様」

サウロは安堵のあまり、ずるずると壁に背をつけたまましゃがみ込んだ。

「なんでもないですよ。月の宮の長が外に出てきたんですが、気分が悪そうだったからどうかしたのかと思って」

門番達は先ほどの様子が嘘《うそ》のように笑顔でオリカに答えている。一人が背後を振り返ってサウロに言うなよと、目線で告げてきた。言えるわけがない。

「月の宮の長？　本当か？」

オリカが門番達をかき分けてサウロの前に現れた。

「本当に気分が悪そうだ。大丈夫か？」

大きな手が差し伸べられた。門番達ににじり寄られた恐怖が蘇って、払いたいと思ったが、門番達の前で、アルファに対してそんなことができるはずもない。

「……大丈夫、です」

なんとか手を伸ばすと、大きくて温かい手がサウロの白い手を包んだ。その瞬間に引いていた血が一斉に戻る感覚がして、身体が温かくなる。そのまま強い力でぐいと引かれて簡単に立たされた。立派な体軀に見合った膂力《りょりょく》を持っているらしい。

「本当に顔色が悪いな。何か用事があるのか？」

大きな瞳が眇められ、サウロを気遣わしげに見ている。

「陛下に、呼ばれていて」

「戻って休んだ方がいいんじゃないか？」

「そういうわけにはいきません」

ほんの少しだけ力を込めて腕を引くと、オリカの手は簡単に離れていった。

「わかった。せめて送っていこう」

そう言うと、オリカはサウロの腰に手を添えてきた。

「っ、一人で、歩けます！」

「へたり込んでいたのに？　こういうときは無理をするな」

それはと反論しようとしたが、門番達の目がある。

「オリカ様がわざわざ送っていくことはないいんじゃないですか？」

「そうですよ。俺達の誰かが代わります」

先ほどの恐怖が蘇り、サウロはぞっとした。また何かをされるのではないかと思ったが、門番達の関心は完全にオリカに移っていた。

「オリカ様は忙しいでしょう？」

「オメガなんか心配しなくていいですって」

何故か門番達は異国人であるオリカに対して親しげで、好意的だ。

「馬鹿言え。月の宮の長殿だぞ？　誰がこんな役得を譲るもんか」

オリカも軽い調子で返して、サウロを支えて歩きだす。

王城の建物内の廊下に入り、少し歩いてからオリカが歩を止めた。

「で、本当のところ、何があった？」

オリカは辺りを気にしながらサウロに向かい合い、囁くように聞いてきた。門番達からはもう随分と遠い。

「……少し気分が悪くなっただけです」

「嘘だな」

オリカはきっぱりと言った。腰を支えられたままなので逃げることもできない。明るい色の瞳に覗き込まれると、サウロの胸はざわざわとする。身体の芯《しん》がじわりと熱くなり、喉元に何かが込み上げてくる。

「嘘じゃありません」

「酷いことを言われているように見えた」

「いつものことです」

オリカの追及に目線を逸らして答えると、オリカが辛そうな表情になった。

「ごめん、俺のせいだな。長殿が来てくれるものだから舞い上がって、こんな目に遭わせてるなんて思ってもいなかった」

不意に抱き寄せられた。オリカの大きな身体にサウロの華奢な身体がすっぽりと包まれる。

「なっ、離してっ」

月の宮の外で黒国のアルファに抱き締められるなど、醜聞以外のなにものでもない。

「しい、大きな声を出したら人が来るぞ」

「っ」

サウロは唇を閉ざして、オリカから離れようと必死に手を突っぱねる。しかし、オリカの厚い身体はびくともしなかった。

「細いな」

「オメガですから」

生まれながらに身体つきが立派になると決まっているアルファと一緒にしないで欲しいという気持ち

を込めて、冷たく応じる。オリカが苦笑する気配がした。

「オメガなんだからアルファの俺に頼ってくれたらいいのに」

耳元で溜息とともに囁かれる。

オメガだから、アルファだから。それはサウロの怒りの琴線に触れた。怒鳴りたかったが、ぐっとこらえる。

「ですから、別になんともありませんから」

サウロの返事にオリカは苦笑を深めた。

「ぽっと出みたいな俺が信用できないのはわかるけど、白国の兵士くらいならなんとでもできる。助けて欲しいって言ってくれたら、すぐに解決してあげるよ？」

サウロの頭に一瞬で血が上った。

「離して下さい！」

バンッと胸を叩くと、オリカは驚いたようにサウロの身体を離した。サウロは黒瞳でキッとオリカを睨み付ける。

「私はこれまで一人で全て対処してきました」

十四歳で月の宮の長になって以来、誰にも頼らずにここまで来た。それが、どうして、今更この男に頼らなければならないのか。オリカはベータのナギトとは対等に会話をしていた。ベータは対等なのに、オメガというだけで無条件に守る対象になってしまう。サウロの腹の底で怒りがぼこぼこと音を立てて沸いているようだった。

「誰が、助けて欲しいなんて言いました？　絶対にあなたには、あなたにだけは頼りません」

この男にだけは頼りたくないと強烈に思った。オメガだからアルファだからと、一方的に庇護される関係をこの男と結びたくないと、心が訴える。

オリカが驚いた顔をして、それから困ったように額に手を当てる。

「ごめん」

深い溜息を吐いたオリカは、一言謝った。

「そうだよな。なんでもしてあげるなんて、驕《おご》ったこと考えだよな。長殿には長殿の築いてきたものがあるのに。よく知りもしない俺が安易に言っていいことじゃなかった」

「っ」

オリカの言葉が、サウロの胸をぐさりと貫いた。自分の考えを見透かされ、それどころか肯定されてしまった。喉が詰まって、声が出ない。胸の奥から、重くて熱い塊が込み上げてくるようだった。

「わ、わかっていただければ……」

なんとか答えたサウロの肩をオリカはぽんぽんと叩く。

「よく言われるんだ、俺は考えなしに先走るところがあるって。今度からは気を付ける。でも覚えておいてくれ。何かあったときには俺がいる。俺は長殿のためなら、どんなことだってやるよ」

それが黒国のアルファだとオリカは柔らかい笑みを浮かべた。

「……そんなこと、知りません」

サウロはそれだけを答えて、あとは何も口にしなかった。オリカは怒ったりはせず、サウロに付き添って黙って国王の執務室まで送ってくれた。

途中、いつもならサウロに酷い言葉や蔑んだ視線を投げかけてくるベータの侍従や侍女が通りかかったが、隣のオリカに気付くとサウロのことは無視して、門番達と同じようにオリカににこやかに挨拶をしてくる。アルファはオリカを嫌厭《けんえん》して近寄らない。

これまでで一番というくらいに何ごともなく、サウロは国王の執務室の前まで辿り着くことができた。

「一緒に付いていった方がいい？」

扉の前で止まって、オリカが問うてくる。

サウロは頭を振った。

「これは私の仕事ですし。それにどうせ、あなたを月の宮に連れていけと言われるだけです」

オリカはゆっくり頷いて、にこりと笑んだ。

「ごめんな、毎回」

「謝るくらいなら来て下さったらいいのに」

サウロが顰め面《つら》で言うと、オリカは嬉しそうな顔になった。

「調子が戻ったみたいだな。それでこそ長殿」

「何ですか、それは」

サウロがいよいよ顔を顰めると、オリカはもっと嬉しそうな顔になる。

「俺に気を遣ってくれなくていいってこと。じゃあ、後で長殿が俺のところに文句を言いにくるんだよね？」

「文句を言われるのに嬉しそうにしないで下さい」

「仕方ない。嬉しいんだから。待ってる」

オリカはサウロの黒髪をさらりと撫でて去っていった。


「サウロ、遅いぞ」

「申し訳ございません」

サウロは頭を下げ、国王の執務室に入った。

部屋の中には、国王だけではなく、現在白国の中枢にいる数人と、見知らぬ男が一人いた。

白国の様式でも黒国の様式でもない露出の少ない衣服に、頭には布を巻いて、豪奢な金銀宝石をいくつも身に着けている。肌は白く、瞳は薄い青だ。前国王を思い出させるような色に、サウロの身体の中に未だ残っていた、オリカによってもたらされた熱が急激に冷めていく。

「ロイ殿、これがオメガだ」

国王はサウロを指差して、物のように紹介した。

「ほう、これが」

ロイと呼ばれた男が目を細める。好奇心を隠しもしない。そして、国王と同じようにサウロを物のように捉えている。不躾な視線に、サウロは無表情で応《こた》えた。

「赤国にはオメガがいないだろう。月の宮の外に出られるのはこのサウロだけだから、オメガを見たいならこれを存分に見ていってくれ」

国王の言葉に、サウロは男の正体を悟った。ロイと呼ばれた男は、赤国という、白国と南方で国境を接している国の人間だ。赤国はアルファもオメガも存在しない国なので、ロイはベータであるのだろう。

「サウロ。ロイ殿は前国王の弔問《ちょうもん》にと貢ぎ物を持ってきたのだ。白国にとって大事な客人。くれぐれも粗相のないようにな」

いくら他国の代表とは言え、ベータの名前に敬称を使うなど、白国のアルファにはなかったことだ。貢ぎ物はよほどのものだったらしい。この傾いた白国に貢ぎ物を持参するなど、奇特なことだとサウロは思った。

それに、粗相のないようにと言われても、ベータにオメガを与えるわけにはいかないから、見世物《みせもの》になるくらいしかできないのにと、サウロは内心で溜息を吐く。

「ロイと申します。よろしく」

ロイが大きな宝石の指輪をいくつも嵌めた手を差し伸べてきた。汚らわしいという態度を取られないだけマシかと、サウロはその手を握った。

「っ」

痛いくらいに握られ、腰を取られて引き寄せられる。間近でロイの顔がサウロをまじまじと見下ろしていた。

アルファに見劣りしないほどの体躯をしていて、ベータとは思えないくらいの美麗な顔をしている。

白い肌に、吊《つ》り気味の薄い青の瞳、頭に被った布の中から覗くのは短く揃えられた銀髪。他のアルファに気付かれないように、男は真っ赤な舌で自身の唇を舐《な》めた。

「これがオメガか。美味《うま》そうだ」

ロイは、まるで肉食獣が獲物を見詰めるような視線で、サウロにだけ聞こえるように囁きかけてきた。サウロの肌がぞっと粟立つ。

「ゼル国王」

唐突にロイは二人の様子を面白そうに眺めていた国王に声をかけた。

「私は、彼のあまりの美しさに、恋をしてしまったようです」

その表情には先ほどの肉食獣の様相など一欠片《ひとかけら》もない。

「恋？　ベータの男女がするものだな。だがそれはオメガの男だぞ。これはとんだ笑い話だな」

国王が腹を抱えて笑う。他のアルファ達も同様の反応だった。サウロにしても、笑えない冗談だとしか思えなかった。

「オメガだとわかっていても、この気持ちは止められません。彼を間近で見て、私の身体に、雷に打たれたような衝撃が走った。ベータとオメガである以上、この恋が実ることがないのも理解しています。ですが、どうか、この白国の王城に滞在している間だけでも、彼への求愛を許してはいただけませんか？」

国王の笑いはいよいよ深くなった。

「ははは、傑作だ。いいぞ、好きなだけやってみろ。ただし、犯すのだけは禁止だ。それは白国の財産だからな」

「ありがたき幸せ」

ロイは国王に対して慇懃に礼を言うと、サウロの手を恭《うやうや》しく取り、腰を折った。

「せめて、あなたが私に少しでも好意を持ってくださいますように」

撓《たわ》められた唇とは違ってその薄青い瞳は笑っていなかった。

一体、この男は何を考えているのか。

サウロは触れられた場所から凍っていくかのような気分を味わっていた。

■　■

「…っ」

意識が浮上する。朝が来たのだとわかったが、サウロは起きたくないと思った。身体が重石《おもし》を載せられたかのように重かった。

月の宮のこと、国王からの連日の呼び出し、ただでさえ忙しいのに、余計な仕事が日を追うごとに増えていく。とどめに瞼《まぶた》の裏に昨日のロイの冷たい薄青の瞳が蘇って身震いがした。

だが、起きねばならない。深い息を吐いて、そっと目を開けたサウロは、ぎょっと目を見開いた。

「おはよう」

「なっ」

何故か目の前に茶色い瞳が、オリカの顔があったからだ。

「何故、あなたが、ここにっ?」

上半身を起こし、寝台の上で後ずさりながらサウロは問い質《ただ》した。オリカは脇にしゃがみ込み、寝台に肘《ひじ》をついてサウロを眺めていたらしい。

「俺なら居住棟に入ってもいいって言ってくれたのは長殿だろ?」

「それ、は、言いましたけれど、私は発情期じゃない……」

「はは。襲いにきたんじゃないよ。昨日、顔色悪そうだったし、結局来てくれなかったから心配になってね。こんな朝早くに不躾かなと思ったけど、俺もこんな時間しか身体が空いてなくて」

「だからって！」

「ごめん。確かにこんな朝方に勝手にここまで入ってくるのはどうかと思った。だけど部屋の場所を聞いても誰にも止められないし、鍵も開いててさ。ちょっと無用心じゃないか？」

オリカは自分のことを棚に上げて月の宮の無防備さに異を唱える。

「オメガの中に悪事を働くような者はいませんし、発情期でなければアルファ様も入ってきません。鍵は必要なときだけ使うことになっています」

サウロの反論にオリカはあくびをかみ殺しながら、そっかと返事をする。

「安全ならいいんだ。ちょっとだけ様子見て心配なさそうならそのまま帰ろうかと思ってたんだけど、寝顔見たら離れたくなくなって、もうちょっとだけ、もうちょっとだけって……」

「そのまま、ずっとここに……？」

「本当に、ごめ、ふああっ」

オリカは大きな身体をぐっと伸ばし、今度こそくわあと大口を開けてあくびをする。眦《まなじり》にうっすらと涙が滲《にじ》んだ。

「あなた、寝てないんですか？」

涙の下に微かな隈《くま》が見えてサウロが問いかけると、オリカはハハッと笑った。

「まあね。また難題を寄越されたんだよ。毎日のように偉い大臣様達が、あれをくれ、これが欲しいとか無茶苦茶言ってくるのに、こっちの要求は頑として飲もうとしないし。本当に参る」

オリカは頭を抱える格好をする。それはサウロもオリカの部屋で実際に見たことがあるので知っている。

「でも、白国に倒れられたら黒国も困るからなんとかしないといけないんだよね。俺は黒国のためにも白国をなんとかするって見得《みえ》を切って黒国から派遣されてきたわけだし。はあ、俺、どっちかというと身体を使う方が好きだから頭脳労働はしんどい」

「……そんなにお忙しいなら、こんなところに来ずに、少しでも寝たらよかったのに」

「お？　心配してくれてる？」

「っ、そういうわけじゃありません」

ぷいと顔を背けたサウロに、オリカは、苦笑した。

「残念。でもね、長殿の顔を見た途端、元気が出たんだよ。寝顔を見てるだけで胸が温かいもので満たされて、幸せな気分になった。運命ってそういうもんなんだなあって思った」

運命という言葉をオリカの口から聞いたのは、何度目だろう。改めて使われた運命という言葉に、サウロはぎゅっと毛布の端を握った。

「私は、そんなもの信じません。現にあなたに何も感じていない」

オリカは白国のアルファとは違う。だが、それだけだ。例えば、先日オリカが語ったような鮮烈な感覚はないし、昨日ロイが口にした恋とやらの衝撃的な感動もなかった。

ただ、少しだけ息が詰まって、胸が少しざわついただけだ。

あれは、そう、初めての発情期に、前国王がやってきたときの感覚に少しだけ似ている。アルファを前にした、オメガの感覚に違いない。前国王以来、オリカに出会うまで感じたことがなかったけれど。

断じて運命という恐ろしいものではない。

「うーん、もしかしたら俺の飲んでる抗誘発薬の副作用かな。オメガの発情が効かない分、アルファとしての能力も落ちるっていう話だったし」

「あの薬にそんな副作用が？　アルファなのに、そんなことをしていいんですか？」

サウロはぎょっとした。アルファとしての能力を損なうだなんて、いくら一時的とは言え、アルファには許し難いことだろうに。

「別に構わない。俺は自分がアルファであることに拘《こだわ》りを持ってるわけじゃないからな」

のんびりとオリカはとんでもないことを言う。

「あ、いや、でも運命の相手に出会った以上は、拘るな。絶対に長殿と番になりたいから。それはアルファとオメガじゃないと無理だもんな」

「……運命なら、どんなオメガでもいいんですか？」

サウロの問いかけに、オリカがきょとんとした顔になる。

「考えたことなかったな」

正直な答えに、サウロの胸がずきんと痛んだ。

「でも、運命でも好ましくない相手の場合もあると聞いたことはある。あるいは、執着が過ぎて憎悪に変わったりとかな」

「憎悪……」

サウロの脳裏に前国王が過《よぎ》って消えた。やはり、そんな恐ろしいものが自分の身に降りかかるだなんて考えたくない。

「でも俺は、出会った瞬間より、今の方が長殿のことを好きになってるよ」

にこやかにオリカは告げてきた。

「わ、たしの、何を気に入ったと言うんですか」

思えばサウロはオリカに対してつれない態度を取り続けている。他のアルファにであれば、機嫌を損ねないようにいくらでも媚《こ》びてみせるのに。オリカに対しては何故か上手くできない。

「普段淡々としているのに、たまに慌てるところが可愛い」

「か、可愛い？　馬鹿なこと言わないで下さい！」

美しいとか綺麗だと言われたことはあるが、そんな形容をされた覚えは成人してからは一度もない。

第一、自分のどこに可愛さなどあるのだ。サウロは混乱した。

「そういうところ。本当に可愛いなあ」

サウロの慌てる様子を見たオリカが目を細めて口にする。

「今のどこが！」

「全部」

オリカは即答した。

「っ」

サウロはもう絶句するしかない。

「俺、昔から可愛いものに目がないんだよね。出会った当初は長殿のこと、綺麗だなあと思ってたんだけど、見ているうちに可愛くてたまらなくなってきた」

オリカの目はおかしいのではないだろうか。サウロの疑惑の眼差《まなざ》しにオリカは苦笑した。

「あとは、そうだな。一生懸命、生きているところとか」

「一生懸命？」

サウロが眉間に皺を寄せて聞き返すと、オリカは目を細めて小さく頷く。

「必死に立ってる。危なっかしくて、傍《そば》にいてあげたいって思う。長殿が望むならなんでもしてあげたい」

「っ、あ、あなたの助けなんていりません」

「知ってる。長殿は強い。だから傍にいて何かあったときに頼ってもらいたい。手伝いたいんだ」

「頼りません！」

オリカはサウロが弱いからではなく、強いから傍にいたいと言う。

サウロはもっと混乱して、手元にあった枕を投げ付けた。

「あっ」

投げながら、なんてことをしてしまったのかと思ったが、オリカはこともなげに枕を受け止めた。そのまま何故か枕をじっと見た後に、突然、それに顔を埋《うず》めるようにして口付けた。

「な、何を？」

意味不明の行動に驚いて、サウロは謝罪することも忘れて問うていた。

「本当は直接口付けたいけど、いきなりそんなことしたら怒られそうだから、今日は長殿の頭を毎晩支えてる羨ましいこいつで我慢しておく。いつかこいつの代わりに俺の腕を使って欲しいな」

「何を言っているんですか？」

「え？　腕枕を知らない？」

「知りません！」

言葉でどんなものかはなんとなくわかるが、それに何の意味があるのかがサウロには理解できない。

「そうか、白国のアルファどもは腕枕もしないのか。腕枕の幸福を味わわないなんて馬鹿だな」

わけのわからないことを言って、オリカは仕事に戻らないとと、あくびをしながら去っていった。残ったのは、帰り際に押し付け返された枕だけだ。

口付けのような濃厚な接触は発情期だけにしか許されていない。大体、発情期でもないのに口付けをしたがる意味もわからない。

「……あの人のことが、これっぽっちも理解できない」

サウロは枕の端をぎゅっと握りしめる。ふわりと、爽やかな優しい匂いが鼻を掠めた。オリカの匂いだろうか。嗅《か》いでいると、起きる直前の重苦しさが収まっていくような心地がする。

「つ、そんなわけがない！」

サウロは、衝動のままにオリカが口付けた辺りを、力いっぱい寝台に押し付けた。

■　■

「サウロ様、黒国のアルファがお部屋に来られたって本当ですか？」

午後になって、搬入された物資の確認から執務室に戻ってきたリオがおずおずとサウロに問うてきた。

サウロの書きものの手がぴたりと止まる。

「どこでそんな話を？」

「月の宮中で噂になっています」

サウロはこめかみを押さえた。

「あの、嘘ですよね？　サウロ様は発情期ではないのに」

どうやら問題視されているのは、オリカがサウロのもとに来たこと自体よりも、そちらの方のようだった。

「あの人……黒国の方が来られたのは本当です。陛下が月の宮に入り、どんなオメガでも抱いてよいとの許可を出されたので、私の部屋にも来ることができます。でも、私は発情期ではないので、当然何もしていません」

誤魔化《ごまか》すことは無理だと悟ったので本当のことを言う。だが、リオも、その後ろで興味津々《しんしん》にしている他の者達も納得してくれそうにない。アルファがオメガの部屋を、抱く以外の理由で訪れるはずがないからだ。

「抱いてないよ。神様に誓ってもいい」

「っ」

不意に聞こえてきた声に、サウロはぱっと扉の方を見た。オメガに合わせた大きさの入り口に頭がつかえてしまいそうな男が、天井に片手をかけて窮屈そうに立っていた。

「オリカ、様……」

噂の当人のオリカだった。サウロが名前を呼ぶと、浅黒い顔に嬉しそうな笑みを浮かべて部屋に入ってくる。

リオ達は突然現れたオリカに動揺を隠せない様子で、怯えるように隅に移動してしまった。

「仕事も少しだけ落ち着いたし、ちょっとでも時間ができたら長殿に会いに来ることに決めたんだ」

オリカはサウロの執務机の前で足を止めた。

「それに、俺がこっちに来たら、長殿も俺を月の宮に連れていけって国王から呼び出されることもないだろう？」

そこだけ小さな声で告げられてサウロは僅かに目を瞠《みは》った。

確かに呼び出しが減るのは助かる。面倒な用事がなくなればそれだけ月の宮の管理に割ける時間を増やせるし、ベータに言いがかりを付けられることもない。サウロの心情を読み取ったかのようにオリカがふっと笑みを浮かべた。

「私の、ために……と、仰るんですか？」

「それもあるけど、それ以上に俺のことをよく知ってもらいたいなって思ったんだ。俺の部屋じゃ邪魔ばかり入ってろくに話もできないだろう？　朝、こっちに来て、いつもより色々話せたからさ」

確かにオリカは与えられた客室でいつも忙《せわ》しなくしていたし、サウロも長居することなく帰っていたから、最初のとき以外、話はほとんどしていない。

「俺のことをよく知ってもらって、長殿から発情期には是非俺に抱いて欲しいって言ってもらいたいなって思う。そうしたら俺も堂々と長殿を……サウロを抱けるから」

そこだけ真剣な声で名前を呼ばれて、サウロの鼓動が一瞬だけ速くなる。

「な、何を言うんですか。発情期なら、陛下さえ許せば私の意思なんて……」

「白国ではそうかもしれないけど、黒国ではそれは犯罪だからな。黒国の流儀に則《のっと》っているだけだ。長殿に会いに来て話すだけっていうのは禁止されてないって言ってただろう？」

「それは、そうですけど……」

禁止はされていない。ただ、オメガを抱く気のないアルファが月の宮を訪れることがないだけだ。

「よかった。じゃあ、これも黒国の流儀に則って」

オリカは手にしていた籠をずいと差し出してきた。籠にはレース編みの可愛らしい布がかかっている。

「これは……？」

「黒国から取り寄せたお菓子。好きだといいんだけど」

覆いを取って現れたのは、琥珀色《こはくいろ》の小さな塊だった。薔薇《ばら》の花を模《かたど》った、繊細な形をしている。蜂蜜《はちみつ》を特殊な製法で固めて、さらに蜜蠟《みつろう》を塗った型で焼き上げた手間暇のかかるものだと聞いたことがあった。「蜜菓子だ！」と、遠くから覗き込んだリオが思わず歓声を上げて慌てて口を塞《ふさ》いだ。

「知ってるんだ？」

「ええ。以前、何度か」

アルファに好んでいる者がいて、その人物が月の宮に渡ったときにも食べられるようにと月の宮に寄越してくれたことがあった。余るくらいに届くので、残りはオメガ達が口に入れることができる。だが、それも数年前までのことだ。国の疲弊とともに余裕のなくなったアルファ達はオメガのための無駄遣いを真っ先に止めた。

「嫌いじゃないならよかった。ほら」

「んっ」

オリカが一粒を摘《つま》んで、拒む間もなく机越しにサウロの口に押し付けてくる。甘い匂いに逆らえず、柔らかい粒は、サウロの唇の中に入り込んだ。とろりと、口の中で優しく溶けていく。昔口にしたものよりも、ずっと甘くて美味《おい》しい気がした。

「もう一個、いる？」

オリカがもう一粒を摘もうとしたところで、リオ

の物欲しそうな顔がサウロの目に飛び込んできて、サウロは慌ててオリカを止めた。唇に残っている感触を指の腹でぐいと拭《ぬぐ》う。

「十分です。一体全体、これは何ごとなのですか?」

「黒国の流儀だって言っただろう? 落としたい相手には贈り物が必要だ。相手の喜ぶものを用意できないなんて情けない男にはなりたくないからな」

「贈り物……」

白国のアルファも、オメガに物を贈ってくる場合がある。だが、それは大抵、自分の好みの格好をさせたいだとか、自分の子を孕んでいる場合には、滋養のつくものだとかで、オメガの喜ぶものなどという考え方はない。

「何か欲しいものない?」

「なんでも、いいんですか?」

口の中の甘い味に、サウロの中で欲が出た。

「もちろん、なんでも」

サウロが興味を持ったことで、オリカは破顔した。子供のような、屈託のない笑顔だった。

「……では、これを、月の宮の人数分。む、無理なら、子供達の分だけでも」

小さな子供達は、一度も食べたことがないはずだ。そう思っておずおずと口にしたサウロに、オリカは目を細めて長い息を吐いた。それなりに高価なものだ。やはり無理だったかとサウロは言ったことを後悔した。

「大丈夫。俺、これでも今は特任外交官扱いで高給取りなんだ。すぐに準備する。でも、そういうことじゃなかったんだけど……。いや、これでいいのか。長殿を落とすには、まず周囲からの方が早いのかもな」

オリカはぶつぶつと言って、籠をサウロの腕に寄越してくる。

「じゃあ、そろそろ時間切れだから。また来るよ」

オリカはリオ達に、よかったら君達も食べてと声をかけ、颯爽《さっそう》と去っていった。オリカの姿が消えた途端、隅に固まっていたリオ達がわっとサウロのもとに寄ってくる。期待に満ちた瞳に、サウロは嘆息して腕の中の籠を彼らに渡した。

「嫌な人だって話でしたけれど、悪い人じゃないみたいですね。他のアルファ様と全然違う。それに、すごく逞しくて格好いいし」

もごもごと、幸せそうな顔をしながらリオが言ってくる。他の者達も横でうんうんと頷いた。菓子一つで懐柔されてしまったのか、あれだけ馬鹿にしていたのに、いっぺんに好感を持ったらしい。

「黒国の方を、褒めてはなりません」

サウロは思わずそう答えていた。口の中にはまだ甘ったるい味が残っていて、しばらくは消えてくれそうになかった。

■ ■

オリカの月の宮での評判は瞬く間に塗り替えられた。約束通り、月の宮の全員に蜜菓子を配ってくれたのも大きいが、こまめに月の宮にやってきては、気さくにオメガ達に声をかけ、場合によっては力仕事を手伝ったりするからだ。

ある日など、サウロのもとにオリカが子供達が育てられている区画に赴いたという知らせが舞い込んできた。

サウロが一体何の用だと向かった先で、オリカは両腕に四人も五人も抱えて駆け回っていた。サウロはその光景になんて危ないことをと気が遠くなった。

やめなさいと告げたサウロに、オリカはこれくらい平気だ、長殿は心配性だななんて笑い飛ばしてきた。子供達に至っては、もっともっととオリカにせがむ。どうしてこんなことになっているのだとサウロが詰問すれば、たまたま子供を見かけたらそうなっていたと謎の説明をしてくれた。本人いわく、子供好きだから仕方ないらしい。

オリカは、行動も、言葉も、いつもサウロの想像を飛び越えていく。サウロはオリカが来たと聞くたびに頭の痛い思いをするし、もう来ないでくれと心の中で願うのだが、他のオメガ達はそうではなかった。

「野蛮で怖い人かと思ったけど、そういう感じじゃなかった」

「黒国のアルファ様も、悪くはないかもね」

「オリカ様の子供だったら孕んでもいいかも。次の発情期近いんだよね。お相手して下さらないかな」

「無理無理。オリカ様はサウロ様しか見えてないから。サウロ様には敵《かな》いっこないって」

初めは遠巻きにしていたオメガ達は、オリカの人となりを知るにつれて、気安く話すようになっていったらしい。最近は、オリカが姿を見せると、いつの間にかオメガ達が取り囲んでいる、ということもある。

今日も、オリカが姿を見せたと聞いてサウロが執務室を出たら、オリカは歓喜の間に続く渡り廊下で、ちょうど発情期が明けたらしいオメガ達に捕まっていた。

「オリカ様って逞しいですよね。お相手していただいたら抱き潰されそう」

「あ、僕、発情期終わりきっていなかったかも」

オメガ達はしゃれにならない冗談を口にしながらオリカにじゃれつこうと手を伸ばす。白国のアルファ相手なら絶対にしないし、許されないことだ。

「オリカ様」

「長殿」

サウロに気付いてぱっとオリカの瞳が輝く。人の耳のある場所では、オリカは一応、サウロのことを呼び捨てではなく、長殿と言ってくる。

「私に用事があるなら私のところにまっすぐ来たらどうですか？」

サウロが冷たい声で窘めたので、オリカの周りにいたオメガ達はひっと小さな悲鳴を上げ、とばっちりを食わないようにそそくさと去っていった。渡り廊下にはオリカとサウロだけが残される。

「もしかして、嫉妬してくれた？」

「嫉妬？　なんですかそれは」

確か、ベータの恋人や夫婦の間に生まれる、独占欲が引き起こす感情のはずだ、と、サウロは本に書かれていたことを思い出す。

「それは恋人や夫婦の一対一の関係を基本とするベータの感情です。そんなもの、オメガにはありません」

サウロの言葉に、オリカは驚いた顔になった。

「そんなことはない。オメガもアルファもベータと同じ人間だ。誰だって嫉妬はする」

「だとしても、私はそんな感情は持ち合わせていません」

断言すると、オリカが悲しそうな顔になる。まるで好物を取り上げられた子供のような顔だ。サウロの胸がずきんと痛んだ。何故、罪悪感を抱かねばならないのかと悔しい気持ちになる。

「まっすぐに来て下さいと言ったのは、月の宮の空気を乱していただきたくないだけです。他意はありません。とにかく、余計なことはしないで下さい」

「……わかった。気を付ける」

オリカは殊勝に応じた。いつもこんなに素直すぎて、毎度サウロの毒気はすぐに抜かれてしまう。

「でも勘違いしないでくれよ？　俺が欲しいのはサウロだけだから」

オリカの大きな手がサウロの手を取ろうとしてきた。サウロはそれを避《よ》けて両手を組む。

「月の宮には大勢のオメガがいます。どんな者がお好みですか？　好みに合う者を紹介します」

「可愛い子」

オリカはサウロをじっと見て深い溜息を吐いた後にぽつりと答えた。

「では、若い子の方がよろしいですね。あるいは背の小さい女性の方が……」

「男の方がいいな。年齢は俺と同じくらい。身長もこれくらいある方がいい」

サウロの言葉にオリカが手で自分の目線くらいまでの身長を示す。それはちょうどサウロと同じくらいの高さだった。

「それから髪はさらさらの黒。長髪も似合いそうだけど、今は短い方がいいかな。ぞくっとするような綺麗な切れ長の黒い瞳で、見たこともないくらいの色っぽい美人」

にこにこと語られる内容にサウロは両手を握りしめる。

「オメガ達に優しくて、子供思いで、頑張り屋で、責任感が強くて……」

「私はそんなに立派な存在ではありません」

サウロが耐えられず口を挟むと、オリカはそんなことはないと言わんばかりの優しい笑みを浮かべていた。

「立派だよ。長殿が頑張っている姿を見ると、俺の運命の相手は素晴らしい人だなって、惚《ほ》れ惚《ぼ》れする。長殿は本当にすごい」

オリカの優しく撓められた茶色の瞳が、サウロの内面まで見透かそうとしてくる。

「私のことを何も知らないくせに……！」

取り繕っている表面の、裏側を見られてしまう。そんな予感に駆られたサウロは思わず口走っていた。

オリカが見ているサウロは、偽物だ。本当のサウロは、月の宮の長でありながら、オメガの最大にして唯一の役割も果たしてこなかった咎人《とがびと》だ。そればかりではない。子供を作らないという以外にも……。

「ごめん、泣かせるつもりじゃなかったんだ」

「誰が泣いているというんですか」

暗い沼に沈み込みそうになったサウロはオリカの声に我に返り、失礼なことを言う男を睨み据えた。

「はは、そっか」

「当たり前です」

子供の頃や、大人になってすぐの頃はともかく、前国王に与えられる辛苦を諦めて受け止められるようになった後は、サウロは感情的なことで涙を流したことはない。泣くなんて、意味のないことだ。

「そうだね。俺はまだまだサウロのことを知らない。もっといっぱい知らなきゃいけないな」

サウロのつれない態度にもオリカはめげなかった。

「というわけで、何か欲しいものはない？」

それはオリカがサウロに会う度に繰り返されている台詞《せりふ》だった。オリカに期待の籠った瞳で見詰められる。

「……あなたはそればっかりですね」

「だって気を引きたいからな。必死なんだ」

オリカが口をへのじに結んで困っているという雰囲気を作り出す。サウロはほっと息を吐いた。

「今はありません。春が来て、不足していたものも徐々に正常化していっていますし」

それが黒国、ひいては、オリカの働きによるものであるのは間違いなかった。

「あなたのお陰……ですよね？」

サウロが窺うような視線を向けて確認するとオリカはゆるりと頭を振った。

「大したことはしていない。俺は黒国の意向に従ってこの国のアルファどもの尻を叩いているだけだ」

「でも相当の権限を得ていて、あなたの独断で沢山の取り決めがされたと聞きました」

「誰に？」

「陛下にです」

呼び出されていたときのオリカへの文句に含まれていた。本来なら極秘事項であるのだろうが、オメガなら言っても理解できないし、さらに他に漏らすような相手もいないと思っているのだ。

「はは、ろくでもないこと言われてそうだな」

オリカは困ったというように唇の端を引き攣らせる。確かにその通りだったが、サウロは頭を振った。

「あなたは、白国の自尊心と自立心をなるべく損なわないやり方で白国の手助けをしてくれているのだと思います」

へえ、とオリカの茶色の瞳が輝く。

「例えば？」

「黒国で白国産の洗練された細工物が流行しているからと、高値で買い取られたそうですが」

国王は黒国も白国の文化の偉大さを理解はしているらしいと得意げに言っていた。

「白国の宝飾品は繊細なものが大半です。黒国は白国よりも寒冷であなたが着られているような厚手の服が一般的ですから、白国の細工物はあまり目立ちません。本当は、あまり好まれていないのでは？」

「すごいな。その通りだ。サウロは白国のアルファ達よりもよっぽど洞察力があるんじゃないか」

オリカは目を瞬いて手放しでサウロを褒めた。

「そんなわけがありません。オメガの私がアルファ様よりだなんて」

サウロは慌てて否定する。

「そんなことはない。オメガは発情期のせいで誤解されがちだけど、決して劣った存在じゃない。現に黒国ではオメガも国の要職に就いている」

「要職……。オメガがそんなものに」

サウロの胸に鋭い痛みが走った。アルファ、ベータ、オメガが、その区別なく、自由に生きているという黒国。そのあり方が、無性に羨ましく思えた。

オリカが褒めてくれたようにもし本当に自分に何かの才能があるなら、黒国で生まれたらどんな人生が待っていたのだろう。目の前の男と、対等な立場で心ゆくまで議論し合うこともあったのだろうか。

詮無《せんな》いことを考えてしまったのに気付いて、サウロは小さく溜息を零した。自分は、白国に生まれ、月の宮で生きるオメガだ。それ以外の存在ではない。

「黒国のことは私には関係ありません。ですが、需要のない細工物を大量に買ってしまってどうするのですか？」

サウロの問いかけに、オリカはにやりと笑った。

「確かに今は流行《はや》っていない。でも、流行らせるから問題ない」

「流行らせる？」

「これまで白国の、特にアルファが独占しているような質のよいものは黒国には細々としか入ってこなかったからね。一気に大量に流通させて、流行っていると錯覚させて売る。あとは付加価値があればなおいい。例えば、服の内側に身に着けて恋人同士だけの秘密にできる、とかな。黒国の連中はそういうのが好きだから」

「そんなことが可能なのですか？」

サウロの質問にオリカは頷いた。

「白国の細工物はモノ自体がいいことは間違いないからな。あとは黒国の中でどうにかするだろう。黒国には困ったときのために臨時で組織されるアルファの集団もあるんだ。売れれば黒国の国庫も潤い、白国の財政も助かる。一石二鳥だ」

オリカは以前、頭脳労働は苦手だと言っていたが、さすがアルファと言うべきなのだろう。サウロは何事にも優秀なアルファという存在をオリカを通じてひしひしと感じていた。

「そうして知恵を尽くして白国を……私達オメガを

助けて下さっているのですね」

「……そういうことにしておいた方が俺の株が上がりそうだな。よし、そういうことにしておこう」

オリカは冗談めかして返して、大仰《おおぎょう》に頷いてみせる。

「で？　サウロの欲しいものは？」

「あなたがこの国のために十分して下さっているということがよくわかりました。これ以上望むことはありません」

サウロの答えにオリカは、「そっか、ないのか」と寂しそうに応じた。

「今日はもう時間だから帰るよ。残念だけど」

「そんなにお忙しいなら、最初から来なければいいではないですか」

「それは聞けない。俺には、サウロに会える時間が本当に重要なんだ」

「それなら、こんなところで……」

他の者に構わずにさっさと自分のところに来たらいいのにと、最初と同じことを言いそうになってサウロは口を噤《つぐ》んだ。オリカにもたらされた嫉妬という言葉が頭の中をぐるぐると回る。確かにこの台詞は嫉妬しているみたいだ。自分は断じて嫉妬なんてしていない。

「勝手にして下さい」

サウロが投げやりな気分で告げると、オリカはそうするよとどこか嬉しそうに頷いた。

誰かがその光景を遠くで見ていたらしい。サウロ様が冷たくてオリカ様が可哀想《かわいそう》だというひそひそ話がサウロの耳にまで届いた。何故自分がこんな目に遭うのだと、サウロは内心でオリカを詰らずにはいられなかった。

「次の発情期にはオリカ様に相手してもらえよ」

オリカの味方は何も月の宮の内部に限らなかった。

数日ぶりに国王に呼び出されて月の宮の外に出たサウロは、門番達に開口一番にそう言われた。

「あの人はアルファ様なのに、俺達のことまで気にかけて下さる優しい方なんだ。黒国から輸出された食糧を真っ先に俺達に回るようにして下さった」

「この前なんか、夜番のときにまだ冷えるからと毛布を差し入れてくれたんだぞ」

「それに腕っ節《ぷし》も強い。少しだけ剣の訓練を付けてもらったが、惚れ惚れするほどだった」

彼らが勝手に口にするには、オリカはどうやら以前は月の宮の門まで来て時間もないしこんな夜中だからと壁の向こうを切なげに見ては引き返すことを繰り返していたらしい。その間に、門番達と顔見知りになっていたようだ。

そんなことをしていたのかとサウロは驚いた。オリカが彼らと知り合いのように話していた理由を理解した。オリカが一日に何回も月の宮に来るようになった今は、彼らと一層親しくなったようだ。オリカが仲良くなれるベータは、黒国の人間に限らないらしい。

「お前達、言うことがあったんだろ？」

ほら、と、ユザと呼ばれていた門番が他の門番達を肘でつつく。

「あー……。こないだは悪かったよ」

ユザ以外の門番達が決まりが悪そうに前に出てきて謝った。

「なんのことですか？」

「ほら、あんたを壁に追い詰めちまったあれだよ」

サウロは思い出した。あれほどではないにしろ、酷い言葉や扱いはいつものことだったし、色々なことがありすぎてすっかり忘れていた。

「前の陛下が亡くなられて、不安もあって苛々してたんだよ。腹も減ってたし。だけどオリカ様と話していると、なんかこう安心するんだよな」

「もうあんな悪ふざけはしないから、オリカ様に告げ口はしないでくれよ？　オリカ様があんたにご執心だなんて知らなかったからさ」

「……誰にも言う気はありませんので」

「そりゃあよかった」

彼らはほっとした顔で、サウロを見送った。

サウロの胸中は複雑だった。

オリカが現れるまではアルファにもそうだったが、ベータに謝られたことも、経験がなかった。

たった一人の存在が、サウロの世界を変えていってしまう。それはとても恐ろしく、そして、むかむかとする。

オリカが、何をしたわけではない。以前提案してきたように門番達を直接どうにかしたわけでもないし、サウロの仕事に口を出してもいない。ただ、サウロの世界に入ってきて、そこに存在しているだけだ。それなのに、世界が変わっていく。サウロには、維持するだけで精一杯だったのに、オリカは優れたアルファというだけで……。

国王の執務室へと続く通路を足早に歩いていると、声をかけられた。

「サウロ殿」

「ロイ、様」

赤国のベータだ。ベータなのにサウロに恋をしたなどと言う、オリカと同じくらいにおかしな人間。

「丁度よかった。今日は私がゼル国王にお願いしてあなたを外に呼び出してもらったんですよ」

「何のご用ですか？」

サウロは居住まいを正し、表情を取り繕って返した。

「嫌だな。私はあなたに恋をしたと言ったじゃないですか。ただ会いたいからじゃ駄目なんですか？」

オリカと同じようなことを言っているのに、ロイに言われると何故か嫌な気分になる。瞳が、笑っていない気がするからだ。いや、単に気のせいで、前国王を連想させる色だからそう思うのかもしれない。

「陛下のご命令なら従います」

用事がないなら執務室に戻って仕事をしたかったのだが、そうはいかないようだ。

「よかった。では、こちらへ。赤国の食事をご用意してあるんです。もちろん、ゼル国王にも了承はいただいていますよ」

面倒だと思いながら連れていかれた先は、ロイに与えられている王城内の客室棟だった。オリカと同等の広々とした部屋に、彼がいかに白国にとって重要な賓客なのかがわかる。

「赤国には金色を尊ぶ習慣がありましてね」

赤国から持ち込んだらしい装飾に溢れている部屋には、所狭しと金細工が飾られていて、目がちかちかとした。

同じような間取りでも、オリカの部屋には元からあった飾りくらいしかない。あとは書類の山が所狭しと並んでいるだけだ。

「さあ、どうぞ。直に床に座るのが赤国の様式でしてね」

床には毛足の長い絨毯《じゅうたん》が敷かれ、その上に座布団《ざぶとん》がいくつも重ねられている。ロイが先に座り、サウロにその隣に座るように促す。仕方なく、サウロは彼の隣に座った。

「その首輪」

ロイがサウロの喉元を指差す。

「オメガの位を表しているそうですね？　金の次が銀だとか？　あなたは長なのに、金位ではないのですか？」

「……これは血筋で決まります。強いアルファ様を産んだ場合にのみ、位が上げられます」

「今は金位のオメガは?」

「……いません。最後の金位のオメガが存在したのは、随分昔のことです」

サウロの異父弟は成人すれば久方ぶりの金位になるはずだった。だが、異父弟はもう白国のオメガではない。

「それは残念だ」

「どういう意味ですか?」

「これは失礼。赤国では金を尊ぶと申したでしょう。あなたが金位であれば最高だったのにと思って」

「……」

ベータにはまったく関係のない話なのに残念がる意味がサウロにはわからなかった。

絨毯の上で、もぞりと座りなおす。毛足の長い絨毯も腰枕も弾力があってふわふわとしていたが、居心地が悪かった。

「ん、でも、そうか。あなたが強いアルファを産めば、金位になるということですね?」

「そのようなことがあればですが」

それは絶対にないとサウロは考えている。前国王とサウロの組み合わせならありえたかもしれないが、たとえ現国王であっても、今の白国のアルファとでは相手が銀位のサウロでも、前国王以上のアルファなど見込めない。

「そのようなことがあれば? それはもしかして、あなたが子供を産めない、とか?」

ロイは繊細な問題にずけずけと立ち入ってきた。サウロはロイに気付かれない程度に眉を顰める。

「いいえ。発情期も来ますし、機能的には問題ないはずです。私はこれまで前国王陛下にほとんどの発情期のお相手をしていただいていましたので、おそらく前国王陛下との相性が悪かったのだと思います」

サウロは拳を握りしめながら滔々と嘘を紡ぐ。

「白国の歴史に鑑みると、たまにそういうことがあるのです。どれだけ発情期を一緒に過ごしても子供ができにくいアルファとオメガの組み合わせが。強いアルファ様ほど子供を作る能力も高いと言われています。陛下と私は、よほど相性が悪かったのでしょう」

サウロの告げた歴史は真実だ。白国の歴代で名高い国王ほど、子供を大勢産ませている傾向にある。オメガ一人しか子供を作らなかった前国王はその点でも特異だった。

「では、あなたも別の強いアルファが相手ならアルファを孕む？」

「……アルファか、オメガかはわかりませんが」

「素晴らしい」

だが、ロイはにこやかに頷いた。

「その日が待ち遠しいですね」

うっとりとした表情でサウロの首を眺め、ロイが告げてくる。サウロの首輪に隠れている項《うなじ》の辺りが、ちりちりと、嫌な感覚を訴える。

「その黒と銀の首輪も細い首に映えてよく似合っていますが、金もよく似合うでしょう。そうだ、首輪はまだにしても指輪はどうかな。我が国では、近年、良質の金銀や宝石を産出する鉱山が見付かっておりましてね。選び抜いたものをお贈りしますよ。ああ、綺麗な手だ」

ロイがサウロの手を取り、指をなぞってくる。項の嫌な感覚がもっと強くなったが、サウロは我慢した。だが、口元に手を持っていかれそうになって慌てて引いた。

「唇が触れるようなことは、発情期に、アルファ様としか行ってはいけない決まりになっています」

「それは失礼。知りませんでした」

ロイは肩を竦《すく》めて謝ってみせた。

「さて、肝心の食事にしましょうか。持ってこい」

ロイの言葉に従って、奥から手に銀色の盆を掲げた人々が入ってきた。ロイと似た作りの服を着ているので、赤国から連れてきた従者なのだろう。ただし、ロイとは違って、褐色の肌と黒い瞳をしていた。彼らはちらりとサウロに視線を向けて、まるで化け物でも見るような顔をした。白国のベータと同じ目だ。やはりロイが特殊なのだろう。

ずらりと並べられたのは、肉やスープを主とした料理の数々だった。不思議な香りは、赤国独自の香辛料の匂いか。

サウロはどっさりと肉の盛り付けられた皿に複雑な思いになる。やっと月の宮でなんとか正常化してきたと安堵している食糧が、同じ城の中なのにここには食べきれないほどにある。

「これが好物でしてね。こうして食べると美味いんです」

大きな肉の塊を串焼きにしたものを手に取り、ロイは美麗な顔に似合わない粗野な仕草で肉を噛みちぎって咀嚼《そしゃく》する。さあとずっしりとした重い串を手渡されて、サウロはほんの少しだけ齧《かじ》った。

「っ」

舌がびりびりと麻痺《まひ》するくらいに痺れて痛い。味なんてわからないくらい刺激が強かった。

「おや、辛《から》かったかな。おい、飲み物を」

声も出せずに悶絶《もんぜつ》するサウロに、ロイが持ってこさせた金色の盃を強引に口に当ててくる。湿った感触にサウロはロイから盃を奪うようにして喉に流し込んだ。

「っ」

一口で、今度はかっと喉から胃までが焼け付くように熱くなる。

「お酒……っ」

それもかなり強いものだった。サウロは酒を飲んだ経験はあるが、あまり得意な方ではない。

「これはこれは、申し訳ない」

サウロが噎《む》せるのを見て、ロイが心配そうに謝ってくる。

「さ、水です」

再び差し出された別の盃をひったくり、舌先で確認する。今度はちゃんと水だった。最後の一雫《ひとしずく》まで飲み干して、サウロはきっとロイを睨み付けた。

「そんなに怒らないで下さい。わざとではないんです」

ロイが介抱しようと背中をさすってくる。ぞわっとした感触が生まれて、サウロは思わずその手を払っていた。

「帰ります」

「怒った顔も魅力的だ」

ロイの軽口にぎゅっと唇を噛み、サウロは少しよろけながら立ち上がる。

「送っていきます」

「結構です」

「そんなにふらふらしているのに?」

気持ちが悪かった。酒もそうだが、ロイの視線に晒《さら》され、触れられると、心の奥底まで無遠慮に探られ荒らされている気がしてしまう。

酒で体温が上がったせいか、いつもは意識しない首輪に喉もとを締め付けられているような感覚がして、息苦しい。

サウロの拒絶を無視して、ロイはサウロの身体に手を回して支えてくる。

客室棟のある区画から出たところでサウロは眩暈《めまい》がしてよろめいた。

「やはり私の部屋に戻って休みましょう」

すかさず支えたロイが提案してくる。

「大丈夫です、気付け薬があるので、それを飲めば……」

常備薬の存在を思い出し、なんとかロイの提案を断ろうとする。

「気付け薬？　そんなものより休んだ方がいい。それに、私専属の腕利きの薬師《くすし》もいますから、戻りましょう」

　ロイは執拗《しつよう》にサウロを元の部屋に戻そうと促す。気分の悪さも極まってきて、もう言うことを聞くしかないのかとサウロは諦めかけた。

「月の宮の長殿？」

「オリ、カ、さま……？」

　不意に二人の前に現れたのはオリカだった。

「どうかしたのか？」

「あなたは黒国の方ですね。私は赤国のロイと申します」

　サウロではなくロイが答えた。

「これは丁寧に。俺は黒国のオリカです」

　二人はにこやかに挨拶をしているが、目は笑っていない。ロイだけではなく、オリカも同じだった。二人の間にビリビリとした緊張感が漂っている。

「赤国の方がこちらにいらっしゃるのは聞いていました が、挨拶に伺《うかが》えずに申し訳ありません。白国主催の宴に参加されていると聞いて、そこでご挨拶しようと思っていたのですが、そのたびに問題が起きて出られずじまいになっていたもので」

「お気になさらず。こちらこそ黒国の方にお会いできるなんて光栄だ。何しろ、黒国は、基本他国に不干渉。僅かな行商人以外は滅多に外に出てこられませんからね」

「はは、山奥の田舎《いなか》の国ですからね。そう言えば、ロイ殿。あなたの噂をお聞きしたことがありますよ。確か、南方に名前を轟《とどろ》かす、知将と名高い赤国の将軍殿、ではなかったかな」

　ぴくりとロイの眉が動いた。

「よくご存知で。ですが、知将だなんてお恥ずかしい。どうやら噂に派手な尾鰭《おひれ》が付いてしまっているようだ」

にこやかに応じるロイだったが、オリカを探るように見ている。

「ご謙遜《けんそん》を。俺はもともとは一介の兵士だったので他国の武人のことには興味があるんですよ。赤国を南方の強国に押し上げた立役者ではありませんか」

「私の力が通用したのは、南方にはアルファ様が存在しないからですよ。白国や黒国のアルファ様から見たら赤子の遊びのようなものです。それ以上はご勘弁を」

二人は笑顔で顔を見合わせるが、空気は先ほどよりも凍っていた。

「それで、長殿はどうされたのですか？」

オリカが話を戻す。

「ああ。食事をご一緒していたところ、気分が悪くなってしまわれたので、お送りしていたのですよ。ですが、歩いているうちに悪化したようですので、私の部屋に戻って休みましょうとお話ししていたところです」

「それは大変だ。長殿、大丈夫ですか？」

オリカの言葉にサウロは小さく頭を振った。今の二人のやりとりに当てられて気分が余計に悪くなっていた。

「私の部屋はすぐそこですから、戻った方が早い」

「っ」

ロイはサウロの肩を強い力で摑んでくる。痛みが走ってサウロは呻いた。それにロイが、ほら、と咎めるようにサウロを見てくる。

オリカがロイの手の動きに気付いて微かに剣呑な表情になる。

「いいや、休むなら慣れた場所に戻った方がいい。長く月の宮を空けるのも責任感の強い長殿なら心配でしょう」

「ええ。戻らないと……」

オリカの言葉は渡りに船だった。サウロはその言葉に飛び付き、必死に頷いた。

「っ、ま、まあ、確かにそうか。仕方がない。月の宮まで送りますよ」

ロイは悔しそうにしながらも、諦めてくれた。

「ロイ殿、代わりますよ」

オリカは、笑顔のままサウロの腰に手を回し、サウロの身体を少し押してから捻るようにして引き寄せた。あれほど強くサウロを摑んでいたロイの手がサウロからあっさりと離れる。

「なっ？」

サウロが一瞬でオリカのもとに移動したことに、ロイが呆気《あっけ》に取られる。サウロ自身も今何が起きたのか全くわからなかった。

「勝手なことを！」

我に返ったロイがサウロをみすみす奪われてしまったことに反論の声を上げたが、オリカはにこりと笑ってとどめを刺す。

「ベータの貴殿では、彼を月の宮の中まで連れていけないでしょう」

「っ」

事実を指摘されてロイはぐっと唸った。

「では、あとはお任せ下さい」

オリカはサウロの腰を抱いてロイから離れる。

「……っ、どうして、あなたが、こんな所に……？」

国賓には一棟ごと与えられる客室棟は王城内に点在している。オリカに与えられている客室棟は、この辺りからは遠い。たまたま通るような場所でもない。

ロイが見えなくなる場所まで来て、サウロは自分を支えるオリカに問いかけた。

オリカは足を止めて、ふらつくサウロに向き合った。気遣わしげな茶色の瞳がサウロの顔を覗き込む。

「月の宮に行ったら、長殿は王宮に呼ばれたと言われたんだ。探していたら見回りの兵士から長殿が赤国の人間に連れていかれるのを見たと聞いて、心配になってこっちまで来た」

オリカの手が、サウロの額を撫でた。うっすらとかいていた汗に張り付いていた前髪を、耳にかけてくれる。さらりとした手の感触が、心地よかった。

「あの男は、南方で赤国の白蠍《しろさそり》だなんて異名を取っている男だ。表にはあまり出てこないが、近隣の国を狡猾《こうかつ》な手でいくつも落としている。あいつには気を付けろ」

「蠍……？」

「南方に住む大きな虫だ。尾に毒針を持っていて、刺されたら人間でも死に至る」

蠍の姿を想像して、サウロはぞっとした。

「余計なお世話だったか？」

「いいえ。助かり、ました」

サウロは素直に礼を言った。

「よかった。しかし、何をされた？」

「…お酒を、飲まされただけです。はっ……。強いお酒だったので、気持ちが悪くなって」

サウロの答えに、オリカは自分の肩に留めていたマントを外してサウロの肩にかけた。オリカのマントは幅広でサウロの上半身がすっぽりと包まれてしまう。ふわりとオリカの爽やかな匂いが漂ってきて、サウロは無意識にマントを握りしめていた。オリカはマントを上にずらしてサウロの頭の半ばまで覆って、子供相手にするようにひょいと抱え上げた。

「な、何を」

「酔い覚ましに丁度いい場所がある」

オリカが向かっていくのは、オリカに与えられた客室棟の近くだったが、そこからは少し外れた方向だ。

「ま、待って下さい。私はこの辺りには行けません」

サウロの入ることのできない場所だった。サウロは、月の宮の運営のために外に出ることを許されているだけだから、用事のない場所には行くことができない。

「だからマントで隠してるんだろう？　黙っていればわからないさ」

そうは言うが、隠れているのは上半身だけで、はみ出ているひらひらとした服はオメガしか着ないものだから、見られたらすぐにわかってしまう。事実、通りかかった兵士や侍女が怪訝《けげん》な顔をした。オリカはそれに、やあと挨拶をしてやり過ごしてしまう。

「お、下ろして下さい」

「嫌だ」

オリカは笑って拒絶した。行く先は王城内にいくつかある見張り塔の一つだった。高く聳えているのでサウロも遠くから見たことはあるが、当然入ったことはない。そこにオリカは躊躇《ちゅうちょ》することなく入っていった。サウロを抱えたまま、長い螺旋《らせん》階段を上っていく。

「暴れたら落ちるぞ。しっかり摑まっていろよ」

螺旋階段は円形の内壁に沿って設けられている。踏み違えたら下まで真っ逆さまだ。サウロは真っ青になってオリカの身体に縋《すが》り付いた。オリカが笑ってサウロをもっと強く抱き寄せる。オリカの身体は逞しく、サウロを抱えていても少しもふらつかない。これなら、子供を大勢抱えて平然としていたのも納得だ。

触れるところが、温かい。

ロイに触れられたときには嫌悪感しかなくて、触られたくないと思ったのに、オリカ相手だと不思議とそれがない。それどころか、体温が馴染《なじ》んで、ドキドキと鼓動が高揚したように速くなる。これはきっと先刻の酒のせいだとサウロは自分に言い聞かせた。

オリカはしっかりとした足取りのまま、階段の一番上まで辿り着いた。

「気を付けて上がるんだ。上がったらすぐに手すりを摑んで」

天井に付いている扉を開いたオリカがサウロを押し上げてくる。ぶわっと強い風が吹いてきたので、慌てて言われたとおりに目の前にあった手すりを摑んだ。風が強くて目が開けられない。すぐにオリカも上がってきて、サウロの身体を囲うようにしてきた。

「ほら、目、開くか?」

風を遮るように顔を手で囲われて、サウロはそっと瞼を開いた。

「あ……」

そこは、王都の全貌を見渡せる場所だった。数え切れないほどの石造りの家が建ち並び、その間を大通りがまっすぐに伸び、小さな路地が無尽蔵に行き交って大通りを結んだり、途中で途絶えたりしている。

王都の建物が途切れた辺りからは、森が広がっている。延々と続く緑の向こうに僅かにキラキラと光って見えるのは運河のはずだ。その先も、ずっと広がっていて、最後に真っ青な空との境に消えている。

「これが、白国の王都……。世界……」

自分の暮らしている場所の全容を、サウロは初めて見た。世界は思った以上に広く、鮮やかだった。

「初めて見たのか?　どうだ?」

「広い……」

感想を求められて、サウロはとても簡単な単語だけを口にした。オリカが苦笑する。

「サウロが望むなら、どこへだって連れていくよ?」

オリカの言葉に、サウロは手すりをぎゅっと握った。

それはとても甘美な誘惑だった。

世界は今見えているよりもさらに広いのだろう。見たこともない景色がいくらでもあるに違いない。

白国の外に出れば、サウロは、月の宮の長でも、アルファを産むという役目を与えられただけのオメガでもない存在になれるのだろうか。例えば、先日考えてしまったように、黒国に行けば自分の力というものを試すことができるのか。

夢想は一瞬で潰《つい》えた。

視界の隅に、頑丈な壁に切り取られた、月の宮が映ったからだ。白い壁と建物がまるで昼の月のようにぼんやりと世界に浮かんでいる。

世界に比べてなんて小さな場所だろう。でも、あの中に大勢のオメガが生きて、暮らしている。月の宮はサウロの全てだ。これまでも、これからも。

「私の世界は、月の宮です。そこから出ていく気はありません」

「……そうか。本当に長殿は無欲だな」

サウロの返事に、オリカは至極残念そうに溜息を零した。

「無欲、ですか?」

「そう。なんでも贈るし、なんでもさせて欲しいって言っているのに、何も望まないだろう?」

「そんなことありません。あのお菓子だって」

「あれは自分のものじゃないだろう? 何か自分用に欲しいものはないのか? したいこととか」

オリカの問いかけに、サウロは何も答えられなかった。欲しいものと言われて思い付くのは、月の宮にまだまだ不足している物資だし、しなければいけないことは沢山あっても、したいことはない。急に自分がつまらない人間に思えて、サウロは心許なくなった。

「ゆっくり考えたらいい。いつまでも待ってるから」

オリカが見透かしたようにそんなことを言う。サウロは手すりを握る手に、指先が白くなるくらいに力を込めた。

びゅうびゅうと吹く風の中で、暫く沈黙が続く。

「しかし、つくづく変な造りだよな。普通なら物資の運搬の便を考えて運河沿いに街を開くところだが、白国の歴代のアルファはそうはしなかった」

「何故?」

サウロが興味を持ったので、オリカは風が強くなってきて危ないからと、サウロの背中を自分にもたれかけさせるように腰に腕を回してから答えた。本当に危ないと思ったので、サウロも文句を言わずオリカに抱きとめられる。オリカのしなやかな筋肉に覆われた身体はしっかりとしていて、安心できた。

「オメガを逃さないようにするためだろうな」

オリカは淡々とした口調で続ける。

「運河に一箇所だけ港を作れば、船の発着をそこだけに絞り込める。さらにその手前の森を敢えて切り開かないことで、港に至る道も制限した。月の宮だけじゃない。この都自体がオメガを囲うために造られているんだ」


吹き付ける空気の冷たさからだけではない寒気がサウロを襲う。オリカが強く抱き締めてくる。思わずサウロはその腕に縋った。

「アルファにとってオメガとは、なんなのですか」

サウロの問いかけに、オリカは少し驚いたようだった。

「サウロは、それを考えるんだ」

背後から興味深そうな茶色い瞳に覗き込まれて、サウロは目線を逸らす。白国のオメガなら、抱くはずのない疑問であると、オリカもわかっているのだろう。

「白国の建国神話では、アルファはオメガを保護して、アルファを産む役割を与えたことになっている。だが、黒国の建国神話では、アルファはベータに助けられ、オメガを得て、絶滅を免《まぬが》れることができたとされている。だから黒国ではアルファはベータとオメガに尽くす義務があると考える」

「アルファが、ベータとオメガに、尽くす」

サウロの常識では理解ができない。アルファは、ベータとオメガに尽くされる存在だ。

「ああ。それは置いておいて、黒国にしても白国にしても、建国神話で告げられているのは、アルファがオメガなしでは成り立たない存在だということだ」

アルファとベータの間に生まれるのはベータだけ。オメガだけが、相手に応じて、相手と同じ種を産むことができる。

「俺達は本能的にそれを知っているから、オメガを求めるのかもしれない。アルファにとってオメガとは、求めて止まないものだ」

求めて止まない。それは一体どんな気持ちなのだろうとサウロは思った。求めるという気持ちが、よく、わからなかった。

「まあ、でも黒国では、運命の相手に出会えなかったアルファは、ベータや、まれにアルファと結婚したりもするんだけどな。運命の相手に出会えないアルファの方がずっと多いから」

俺は運がよかったと、オリカは背後からサウロの首筋に頭を擦り付けるような仕草をしてきた。サウロは首筋がくすぐったくなって小さく身を捩る。

アルファにとってオメガが本能的に必要な存在なら、オメガにとってアルファとはなんなのだろう。

「なあ、もしかして俺のこと、少しは好きになってくれた？」

「っ、だ、誰が！」

すっかり身を委ねていた事実に気が付いてサウロは慌てて否定した。

「酷いな。だけど、そんな口が利けるってことは、気分はよくなったみたいだな」

「っ、え、ええ、お陰様で」

確かに、冷たい風のせいか少し寒気は感じるが、先ほどのまでの気持ち悪さはなくなっている。

「そうか」

オリカは笑って、指先をサウロの唇に向けた。

「じゃあ、ご褒美が欲しいな」

「ご褒美?」

「そう。ここに、口付け、したい」

オリカの指がサウロの唇にそろりと触れる。ぞくりとした。兵士という経歴のせいか、節くれだっていて、少しだけ荒れている、男らしい指だった。

「っ。それ、が……ご褒美になる意味がわかりません。口付けなんて、性交のときのただの前戯でしょう?」

サウロはオリカの指先から逃れるように俯いて答える。

「ただの前戯なら、なんでそんなに嫌がるんだ?」

「発情期以外にすることは、禁止されています」

先ほど、ロイにも似たようなことを言った。だが、今は、サウロの胸は高鳴っていた。オリカの指先に触れられて、オリカの厚みのある唇にそうされることを想像してしまい、平静でいられなくなってしまった。

「でも、したい」

オリカが腕の中でサウロの身体をぐるりと回転させ、頤《おとがい》に手を添えてくる。顔を上げさせられると、茶色の瞳が真剣な色を浮かべてサウロを見詰めていた。

オリカはとても男らしい顔立ちをしている。身体付きも立派で、浅黒い肌も逞しさを引き立てている。でも、茶色の髪と瞳は、とても甘く優しくサウロには見えてしまう。まるで、先日口にした、蜜菓子のようだ。

「絶対に秘密にするから、駄目?」

弱々しく縋るように言われてサウロの胸は締め付けられた。

オリカは、サウロが口付けをしたことがないなんて思ってもいないに違いない。必要以上に嫌がれば、そのことを知られてしまうかもしれない。つらつらと、そんなことを考えた末に、サウロは二度瞬いた後に、瞼をゆっくり伏せた。

ごくりと、オリカの喉が鳴る音がした。触れる身体から、オリカの緊張が伝わってきた。

いいんだね、と掠れた声に確認される。サウロは何も答えなかった。

次の発情期には、国王に抱かれることになる。そうなれば、口付けもされるだろう。それを思うと、どうしてか最初はオリカとしておきたい気がした。

「俺は優しくないから、嫌ならちゃんと拒否してくれないと、止めてあげられないよ?」

瞼を閉じた暗闇に落ちてくるオリカの声は少し震えていた。

そのまま少し間があって、サウロの顔に温かいものが近付いてくる気配がした。


外気で冷やされたのか、ひやりとした柔らかい感触が、サウロの唇に押し付けられた。

柔らかかった。しっとりとしていた。

暫くそのままにされていると、触れ合った場所がじわりと温かくなってくる。

ただ、唇が触れ合っているだけだ。発情期にこれをすると、気持ちよくなると教えられた。だが、今、触れ合っている場所からもたらされるのは、ふわふわとした心地と、焦《じ》れったいような感覚だった。

ごめん、とほんの少し離れた唇から謝罪が漏れた直後、サウロの唇は深く貪《むさぼ》られていた。

「んっ、んんっ」

唇が割られ、ぬるりとした熱いものが口の中に入ってくる。くちゅりと歯列をなぞられると、ぞくりとした感覚がして、身体《から》から力が抜けた。舌先が搦《と》め捕られ、擦り合わされる。

気持ちいい、もっと、と、サウロの本能が訴える。

必死に男の胸元に縋り付いてなすがままに任せる。

びくんと、身体が震えた。その大きさに、驚いたようにオリカが口を離す。二人の唾液で濡れた唇を、強い風が嬲《なぶ》っていく。

「すごく、いい匂いがする」

サウロが強く瞑《つぶ》っていた瞼を開くと、すぐ目の前にあったオリカの瞳が情欲にぎらついていた。瞳に宿る光に、サウロの身体の奥が疼きを訴えた。

「もしかして、発情期？」

はっはっ、と、浅い呼吸をする男に問われて、サウロの頭に理性が戻る。

「ま、まさか……。発情期までには、まだ何日か、あ、ああっ」

先ほど覚えた疼きがもっと強くなる。身体の奥底で熱が生まれる感覚は、サウロにはよく覚えのあるものだった。

「あ、んぅっ……、あ、ああっ」


耐え切れなくて、オリカの逞しい身体に縋り付く。触れると、それすら刺激になって身体に力が入らない。

「嘘、うそ……っ」

サウロはオリカに抱かれたまま必死に身体を制御しようとするが、身体の熱は上がっていく。

「早く、月の宮に、部屋に、戻らないと……」

ほとんど泣きそうになりながら訴えたサウロに、オリカが苦しい顔をして、ぎゅっと唇を嚙み締めた。

「っ」

オリカはサウロの身体を肩に担ぎ上げ、下に続く床の扉を開けた。


どさりと落とされたのは寝台だった。

「こ、ここ……」

その衝撃で理性を少しだけ取り戻したサウロの瞳に映ったのは、自身の部屋ではなかった。

「俺が寝室に使っている客室棟の部屋。月の宮に行くまでにはアルファの沢山いる辺りを通らなきゃいけないだろう。とてもじゃないけど今のサウロを連れていくわけにはいかない」

「そんな。発情期のオメガが月の宮の外にいるなんてっ」

「仕方ない。これは事故だ。ここに来るまでに会った侍女にベータでも客室棟には近付けないようにって言っておいたし、部屋には鍵も掛けた。ここには俺達二人だけしかいない」

二人だけと言われて、サウロは身体を強張らせた。

発情期に、アルファと二人きり。それが意味するところは、一つしかない。

「私は、あなたに、抱かれるんですか……？」

絶望を漂わせたサウロの問いかけに、オリカは表情をぐっと歪めた。

「俺に抱かれるのは、嫌？」

「……いや」

悲しみの滲んだ声に問われて、サウロは正直な気持ちを口にしていた。

聞いてきたのが他でもないオリカだったから。

「いや、嫌、嫌！　抱かれたくない……！」

本音を口にすると止まらなくなった。何度も拒否の言葉を繰り返していないと、未だに上がり続けている身体の熱に理性が消えてしまいそうで怖かった。

ここで、発情の波に溺《おぼ》れるわけにはいかない。

オリカが辛そうな顔でそうかと呻く。

「まだ、俺は信用してもらえてないのか」

「違う。あなただけじゃない……」

サウロは即座に否定した。オリカがどういうことだとサウロを見てくる。サウロは激しく頭を振った。

「あなただけじゃない」

そうだ、オリカにだけ抱かれたくないわけではない。

「あなたにも、国王にも、どんなアルファにだって抱かれたくない……！」

他のアルファに対してなら決して口にしなかっただろう本心が、制御を失ったように口をついて出てくる。オリカが驚いた顔になった。

「でも、部屋に戻ったら、国王に抱かれるんだろう？　それが義務だと、自分で言った」

「義務でも、嫌なものは嫌だ！」

予定からずれた発情期のせいなのか、サウロは自身の感情を抑制できなかった。

「嫌、いや。抱かれたくない、アルファに、抱かれたくない、陛下の、あんな男の子供なんて、孕みたくない……」

誰にも言ったことのない本音が次から次へと漏れていく。陛下と口にして、サウロの頭には現国王と前国王の両方が浮かび上がる。サウロを苦しめてきたアルファ、サウロを苦しめるアルファ。

「子供なんて、欲しくないっ！」

抱かれるのも嫌だが、子供はもっと嫌だった。

子供は好きだ。月の宮のオメガの子供達は可愛い。だが、抱かれたくないと思いながら抱かれてできた自分の子供を可愛いと思える自信がなかった。前国王のように、我が子を恨み、詰ってしまうのではないかと思うと、恐ろしくてならない。

「……わかった。じゃあ、発情期が終わるまでここにいたらいい。俺も出ていって、誰も中に入れないようにするから」

オリカはサウロに問い質すことはせず、ただ提案をしてくれた。

「駄目、戻らないと……」

オリカの提案はこれ以上ないものだった。しかし、サウロは散り散りになりかけている理性を掻き集め、頭を振った。震える身体を必死に宥めて上半身を起こす。

「でも戻ったら国王に抱かれるんだろう?」

自分の身体に覆い被さる国王を想像して、サウロは身震いした。確かに、オリカの提案の通りにすれば、誰にも抱かれずに済む。けれど……。

「仕事があるんです」

発情のために潤んだ瞳でサウロはオリカに訴えた。

「仕事? 発情期じゃないか。他に任せたらいいだろ?」

「私にしか、できない仕事なんです。今までの発情期でも、この仕事だけは自分でしてきました。だから、戻らないと」

「こんな状況で、どうやって!」

オリカが怒った表情でサウロの下肢をぎゅっと握ってきた。

「あ、ああっ!」

快楽が脳天にまで痺れ渡った。なんとか、達することだけは免れて、サウロは自身の服の帯に指を差し込んで、小袋を取り出した。

「これ、飲めば、頭がはっきり、するから……」

中には丸薬が入っている。普段から携行している気付け薬だ。発情期でも波が引いたときに服用すれば、少しくらいなら仕事ができる。

「抑制薬、じゃなくて?」

「それは、白国では、禁止されているから……」

発情そのものを抑える薬の存在は、サウロも聞いたことがあったが、発情がオメガの唯一の価値である白国では存在すらしない。

「こんなものを飲んで、一体、何の仕事をするって言うんだ!」

小袋を奪われ、きつい口調で問われる。

「返して!」

「サウロ、質問に答えるんだ。答えないと返さない」

何かを決意した表情のオリカに厳しく言われ、込み上げてくる熱に耐え切れなくなってきたサウロはとうとう白状した。

「乱暴な、アルファ様が、たまにおられて……、オメガを、酷く扱う、ことがある、から……」

そういったアルファが月の宮に来る場合には、さりげなく身体の丈夫なオメガを宛てがう。

歓喜の間なら、丈夫ではないオメガを目のつきにくい場所に移動させたり、普段なら許されていない高い位のオメガを、今日は特別だと言って勧めたり。

乱暴を働いている現場を見付ければ、他の発情期のオメガや、場合によってはこっそりとアルファを誘導して、間に入らせて、助け出すこともある。

相手をしてもらったオメガには他のところで便宜を図ってやる必要がある。嗜好品を優先して与えたり、あるいは、今度は逆に高位のアルファを宛てがったり。

「特定のオメガに執着されている方もいらして。相手のオメガが辛そうにしている場合は……、そのオメガに発情期の促進薬を飲ませて、発情期の周期をずらしてアルファ様の予定とかち合わないようにしたり、保護帯を付けさせて、隠したり、する……」

そのために、月の宮の全てのオメガの発情期に目を配っていなければならない。どのアルファが、どんなことをしたのか記憶していなければならない。

「本来なら、決して許されないことだから、私にしか、采配《さいはい》できない……っ」

アルファに抱かれることを義務であり歓びであると考える月の宮のオメガにとっては、許されざる作為だ。アルファを本人の意思とは違う方向に誘導し、場合によっては強いアルファを産める血筋の交わりを外しているのだから。

「そんなことを、しているのか……？」

たどたどしい説明を聞いてオリカが驚いたように

言う。

「私にしかできないんです。酷いことをされているオメガ本人も、嫌だとは言えないから……」

一部のオメガ達には協力してもらっている。だが、誰かに知られれば、重い罰を受けることは理解しているから、これはサウロの独断でなければならない。サウロが命じたという形を取らなければならないのだ。

サウロの前の長は、仕方のないことだと言って何もしなかった。だが、サウロには無視できなかった。白国が疲弊しているせいか、乱暴なアルファは増える傾向にある。たった一日でも、その仕事を怠るわけにはいかない。

「私を、部屋に戻して下さい」

「わかった」

オリカの返事にほっとしたのも束《つか》の間《ま》、サウロは寝台に押し付けられていた。

「俺がなんとかする」

「なんとかって」

「発情期には直接は指示できないはずだ。自室に籠《こも》って、そこから指示を出していたんだろう？　その指示を手紙に書くんだ。それを月の宮に届けてもらう」

確かに可能だろう。しかし……。

「それで、あなたが私を抱くんですか？」

手紙で采配するということは、手紙のやりとりを仲介してもらう必要がある。仲介をオリカがやるというなら、この部屋でオリカとサウロが二人きりの時間ができてしまう。オリカは呼吸を荒くしている。オリカが飲んでいるという抗誘発薬は、前国王の使っていた薬よりも効きが弱いのかもしれない。発情期のサウロとオリカが二人きりで密室に閉じ籠れば、いつかは抱かれてしまうだろう。

「……っ、抱かない」

しかし、オリカはぎりと歯を食いしばって否定した。

「サウロが、俺に抱かれたいと心から思ってくれるまでは抱かない。そう言っただろう?」

「そんなこと、アルファのあなたにできるわけがない」

サウロの嘲るような言葉に、オリカは唸るような声を上げてから、挑戦的な表情で睨み下ろしてきた。

「アルファの運命の相手への執着を舐めるな」


サウロは最初の手紙を認《したた》めた。内容は、月の宮の外で予期せぬ発情期に陥ったことと、自身の居場所。それから、記憶する限り、今日明日に月の宮を訪れそうな要注意のアルファと、対応可能なオメガの名前だ。

「誰に渡せばいい?」

「……月の宮の正門の、内門の見張り番をしているエマという女性のオメガに。あとは彼女が必要な者に伝えてくれます」

エマや交代で見張り番をしているオメガ達は、月の宮に出入りするアルファをこっそりと監視している。異変があればサウロに知らせ、要注意とするアルファが来た場合には、今日は上位のオメガが歓喜の間に入っているという情報をアルファに与えてアルファを誘導したり、門が開かないなどと言って対策を立てる間の時間を稼いでくれる。エマ自身も、以前はアルファに暴力を受けていた。だからこそ危ない橋を渡っていると理解しながらもサウロに協力してくれている。

「わかった」

オリカが部屋から出ていくのを確認して、サウロは何かないかと辺りに目をやった。発情の波が激しくなってきた。気付け薬のせいで頭はまだ働くが、身体の中に渦巻く熱は酷くなってきている。

「あ……」

寝台の上に乗っていた、先ほどまで自分を包んでいたオリカの黒のマントを見付けて引き寄せる。ふわりと香ってきたオリカの匂いに、下腹の奥がずくんと疼いた。

「あ、うう……」

涎が溢れたのを手の甲で拭う。どうしてか、そのままマントに顔を埋もれさせたい衝動に駆られたが、そのためにマントを手繰《たぐ》り寄せたわけではない。マントの端を片手に結びつけ、残りの部分でもう片方の手を縛ろうとするが上手くいかない。

「ん……っ」

もう少しなのにできなくてもどかしい。必死になるほど、マントから漂ってくるオリカの匂いに思考を奪われてしまう。

「何をしてるんだ?」

ぼんやりとした視界にオリカが映った。

「オリカ、様? なんで、戻って……」

残り香とは比べものにならないくらい濃い本体の匂いにサウロの熱はくらくらするほど一気に上がった。

「心配で一人になんてしておけない。大丈夫だ。手紙はちゃんと渡すように命令してきた」

「っ、あれが、誰かに見られたらっ!」

「大丈夫だ。アルファの力を使った。白国に俺よりも強いアルファはいない。あの命令は破られない」

オリカは断言した。

強いアルファは、ベータ、さらには自分よりも弱いアルファに強制的に命令を聞かせることができる力を具えている。オリカの言葉に、サウロは納得した。

「それより、何をしてるんだ?」

オリカの目線は、サウロの手を中途半端に縛めている自分のマントに向かっている。

「手、縛らないと……、下、触るから」

「でも自慰をしないと辛いだろう?」

「したくない」

サウロは寝台の上で、もそもそと身体を丸めた。

十四歳のあの日から、日常でも自慰はしなくなった。発情期の過ぎた快感が蘇りそうで自分の身体を触ることが怖くなったからだ。後に自分で装着できるものに交換された、部屋に隠してある手枷と保護帯があれば、下肢も簡単に縛められるのに。

「あ……あ……っ、出ていって、くだ、さい……」

保護帯ほど完璧には無理でも、せめて浅ましく快感を追う姿を見られたくない。サウロが願うと、オリカが近付いてきた。

「俺が手伝う」

「なに……っ」

オリカはサウロの両手首を繋げている自分のマントをぐいと引っ張り、サウロを仰向けにさせて顔を寄せてくる。

「う、うんんっ」

サウロは目を白黒させた。先ほどされた口付けのときに感じたものが何倍、何十倍にもなって襲ってきた。舌を伝って流れてきた唾液が甘くて、飲み込むと身体の中からカッと熱くなる。口の中をいっぱいに嬲《いまし》られて、息が弾む。押しやろうとしても自分が結んだマントのせいで手の動きが制限されていてろくに力も入らない。

オリカの手が服の合間から滑り込んで、先走りでぐちゅぐちゅに濡れているそこを握った。

快感が背筋を駆け抜けた。

「いや、あ、あ、あんっ」

甲高い声が漏れる。オリカはサウロの逃げる顔を巧みに追ってはもう片方の手で自分に向けさせる。

口付けは一層深くなって、下肢はもう限界まで張り詰めた。

「ん、だめ、だめ、もうイくからっ、離してっ」

サウロは訴えたが、オリカは聞かなかった。根元から強く扱《しご》き上げられるのに促されて、どろりとした白濁が先端から勢いよく噴き出す。びしゃりとオリカの手がそれを受け止めた音がした。

「あ、あっ」

吐き出したのに、どきんどきんと心臓がより激しく脈打っている。これでは足りない。足りなくなってしまった。

「こんな、こと、ひどいっ」

オリカに訴えると、再び唇を塞がれた。

「んうっ、あ、あ、あ……っ！」

また下肢を握られる。自分の放ったものでどろどろになった手で扱かれると、さっきよりももっと気持ちがよくなった。

「こっち、も」

少し辿々しい声でオリカがサウロの帯を解き、下衣をずり下ろして下肢を露にしてしまう。先ほどまでサウロの雄を虐《いじ》めていた手が腰を下りていき、薄い肉の付いた尻たぶを掻き分けて、秘された場所に辿り着く。

「あ、そこ、はっ」

オリカの指がなぞった窄《すぼ》まりは、ぐっしょりと濡れていた。ぷちゅぷちゅと、指先が襞《ひだ》に触れるたびに厭らしい音を立てる。

「いや、あ、やめてっ」

サウロは不自由な手でオリカの厚い胸を押した。

「大丈夫。抱かないって言っただろ？　指、入れるだけだから」

「いや、いやっ」

他人どころか、自分でも触れたことのない場所だ。本来なら、男性のオメガはそこにアルファの立派な雄を入れていっぱい突いてもらわないと発情を収められない。奥にある場所に、子種を注いでもらって、子供を孕む。

「やだ、いや、触らないでっ」

「大丈夫、本当に、指だけだから。薬も追加で飲んできた。俺を信じて」

サウロの拒否を宥《なだ》め、オリカはそこに指を入れた。ずずっと、オリカの節くれだった、男らしい指が中に入ってくる。サウロの身体がびくんびくんと震えた。

「いや、抜いてっ」

サウロにどんどんと両手で胸を叩いて訴えられながらも、中で指を少しだけ動かしていたオリカは異変に気付いた。

「ただの指、だよ?」

「指でも、こわい……っ」

現に、触れられる場所から、感じたことのない感覚が生まれてくる。じんじんとしていて、痒《かゆ》みに似ているがそうではない。中を擦っていっぱいに広げて欲しい。オメガの本能がそう訴えている。

「指が怖いって……」

オリカが「まさか」「でもすごく狭いし」と呟いてごくりと喉を鳴らす。

「本当にそんなことありえないとは思うけど、一応、聞く」

情欲に濡れた瞳で、それでもまっすぐに、グズグズになっているサウロを見据えて、オリカは問うた。

「ここに、誰かを入れたこと、ないの?」

「っ」

真実を暴かれてサウロは黒瞳をいっぱいに見開いた。違うと否定しなければならないのに、どうしたら否定できるのかもわからない。

「嘘だろ、なんでそんなことに……? そんなの俺が嬉しすぎるだろ……」

サウロの様子から勝手に納得してしまったらしいオリカがブツブツと呟き、はあぁと深い溜息を吐く。

「今は答えられないだろうから、後でじっくり聞くからな」

少し怒った様子でオリカは告げてサウロの腕を縛めているマントを解いた。

「あっ……」

そのまま中途半端になっていた服も全部脱がせられる。サウロの生まれたままの姿を目に映して、オリカがごくりと喉を鳴らした。

「すごく、綺麗だ。肌が透き通るように白くて、滑らかで……」

オリカの表情は恍惚《こうこつ》としていた。だが、その瞳にサウロの怯えた表情を捉えて、オリカがはっとしたように自身の頬をぱちんと叩き、表情を引き締めた。

「摑まって」

オリカは自由になったサウロの腕を自分の背中に回させ、そのまま寝台の上で横臥《おうが》させてくる。

「あ、あっ、いやっ、本当にいやっ!」

「ちゃんとした方が早く収まるはずだから、我慢して」

オリカの二本目の指がサウロの中に挿入される。発情期のオメガのそこは、アルファの大きなものを飲み込めるくらいに柔らかくなる。一度も使ったことのないサウロでもそれは同じだった。

「ひ、あっ、ああ、んっ」

二本の指はサウロの内壁を激しく擦り上げた。ぐりぐりと、途中のふっくらとした部分を引っかかれるようにすると、サウロの身体にぞくぞくとしたものが生まれて、今は触れられてもいない前からじゅわりと雫が溢れる。

「いや、あ、あっ」

「大丈夫。怖いことはない。気持ちよくなってるだけだから。でも怖いなら、俺にもっとしがみ付いて」

もう何もかもよくわからなくなっているサウロはオリカの首筋にぎゅっと縋り付いた。

「……どうしよう、本当に可愛い。血管切れそう」

額にびっしりと脂汗《あぶらあせ》をかきながらぼそりとオリカが呟く。理性を失っているサウロにはもう聞こえてはいなかった。

「あ、あ、ああっ、それ、や……っ」

「これは嫌じゃなくて、気持ちいい、だよ。ほら、もっと突いて擦って欲しいだろう?」

オリカの指が言葉通りにサウロのおかしくなる場所を突き、指の腹で擦り上げる。びくびくとサウロの身体が震えた。怖いと思った、この未知の感覚は、気持ちいいだと、オリカは言う。

「ん、んっ、きもち、い……?」

「そう。いいって言ってみて? そしたらもっと気持ちよくなるから」

「あ、あっ、無理っ、そんなの、言えないっ」

微かに残った理性でサウロは拒んだ。言ってしまえば何かが決定的に変わってしまう気がした。

「難しくないって。言ってみて? いい、よね?」

中を撫でるように擦られながら、オリカの優しく誘導する言葉に、サウロの理性は消えてなくなった。

「あ、あ……、いい……?」

「そう。もう一回」

「いい……、はあ、あっ、きもち、いいっ」

サウロの口から望み通りの言葉が出てくると、オリカはよくできましたとばかりにサウロの感じる場所をぐりっと強く押した。

「あ、それ、だめ、……いいっ、きもちいいからあ」

口にすれば止まらなくなった。いいと口走るたびに、オリカがもっと気持ちよくしてくれる。

「ひあ、あああっ!」

サウロの背中がいっぱいにしなる。発情期に、いつも熱い塊が蟠《わだかま》っていた場所を突き破られたような、

そんな感覚だった。破裂した熱の塊が全身に波及して、サウロは身を震わせながら絶頂に達していた。

■　■

どんどんと扉を叩く音がした。

「ごめん、少し行ってくる」

傍にあった体温が離れていってサウロは思わずオリカの袖を摑んでいた。

「すぐ戻ってくるから」

頰に口付けられて、サウロは僅かに我を取り戻した。

身体は熱くて腹の底がじくじくと疼いているが、辺りの様子がなんとなくわかる。発情の波が引いたときの感覚だ。

枕元に気付け薬の入っている袋を見付けて、ほとんど無意識に上半身を起こす。肩にかけられていた毛布が腰までずり落ちた。それには頓着せずにのろのろと手を伸ばす。震える指で袋を開いて中から薬を取り出し、飲み込む。もう慣れた苦い味に、少しずつ理性が戻ってくるのがわかった。

「ここ……」

自分のいる場所が月の宮の自室ではないことに気付いた。

「サウロを寄越せ！」

突如、国王の怒鳴り声が響いてきて、サウロはびくりと震えた。

「断る」

それに強い口調で応じる声。

「オリカ……様？」

オリカの声にサウロは自分の身に起きたことを思い出した。月の宮の外で発情期に陥って、オリカに保護されたのだ。外は暗い。半日は経っているだろう。

「そんなことが許されると思っているのか！　俺は白国王だぞ！」

サウロは自身の身体を抱き締めた。国王の言葉はもっともだ。サウロは国王の指名を無視してしまった。

オリカは自分がサウロの傍にいると言ってくれたが、国王が直々に出てきたのではそうもいかないだろう。

「……嫌だ、行きたくない」

サウロは震える声で零していた。頭では理解しているし覚悟していたはずなのに、どうしても感情が拒んでしまう。オリカに甘やかされて、我儘になってしまったらしい自分が愚かしい。

「俺は月の宮の外で予期せぬ発情期に入った長殿とたまたま一緒にいたんだ。予定外の相手を抱いても、そういう事故の場合は処罰はない。月の宮の規則ではそうなっていたはずだな？」

「それは……」

アルファ同士のオメガを巡る争いを避けるための決まりだ。オリカは月の宮の規則をよく調べていたらしい。正論で返されて国王は何も言い返せないようだ。

「どうしてもと言うなら、力づくで奪ってみればいい。俺に負かされて恥をかいてもいいならな」

オリカが挑戦的に言い放つ。

「言わせておけば！」

「もしサウロを俺から奪えたとして、月の宮まで抱えていくのか？　こんなに魅惑的な匂いを放っている彼を？　アルファ達がこぞって群がってくるだろう。自国の全アルファを敵に回す覚悟があるのか？」

国王は完全に沈黙した。

「それにサウロと俺の子供なら、白国の誰よりも強いアルファが望める。他のアルファもそれで納得するだろうさ。わかったらサウロの発情期が終わるまで口を出すな」

ばたんと扉が乱暴に閉められる音がした。少しして、オリカが寝室に戻ってくる。

「サウロ？　ああ、気付け薬を飲んだのか」

オリカは身体を起こしているサウロに驚いたようだったが、手元にある袋に気付いて納得したように頷く。

「水飲む？」

オリカが水差しから杯に水を注いで差し出してくれたので、サウロは杯を受け取ろうとした。しかし、手が震えていて上手くいかない。

「あ……」

オリカが苦笑して杯を引っ込めてしまう。サウロが恨めしげに追った先でオリカが水を口に含み、そのまま顔を寄せてきた。

「んっ、ん……」

オリカの唇から水が移ってくる。サウロは夢中でそれを吸った。

「……もっと、欲しい」

一度では喉の渇きを癒《いや》すには足りなかった。オリカを見上げながら訴えると、オリカは「うっ、それは反則……」と呻いてから再び同じように唇から水を移してくれた。

「もう大丈夫？」

何度か繰り返して、やっとサウロの喉は潤った。

「はい」

「そっか」

オリカが杯を元の場所に戻し、サウロの身体を抱き締めてくる。温かくて、サウロはついオリカの肩に頭を持たれかけさせていた。

「陛下に、あんなことを言って、よかったのですか？　後から何か言われませんか？　黒国にも迷惑がかかりませんか？」

「聞いてたのか。心配いらない。なんとかする」

「なんとかって」

サウロはつい笑っていた。根拠のない言葉だが、オリカならなんとかするだろうと思えた。事実、オリカは白国に来てから既にいくつもの難題を「なんとか」している。

「そうだ。ゼル国王と入れ替わりに手紙の返事も来たよ」

はいと渡された手紙をサウロは開いた。身体の疼きは相変わらずなのにもう手は震えていなかった。

「なんて?」

手紙の中身は見ないように顔を背けてくれていたオリカが、サウロが手紙を閉じた気配を確認して聞いてくる。

「問題なくやってくれているようです」

「そうか。よかったね」

「はい」

オリカが自分のことのように安堵してくれたので
サウロは素直に返事をした。

「手紙の返事を書く?」

「ええ。そうします」

オリカは紙とペンを持ってきてくれた。

今度は、見張り番のエマの他にリオにも手紙を書く。サウロの状況はエマから伝えてもらっているだろうが、きっと心配しているだろう。心配はいらないことと、リオが補佐している物資の管理をサウロの不在中もきちんと継続しておくようにとだけ伝える。

オリカは少しだけ出て行って、書き終わった手紙を最初のものと同じように誰かに託して再びサウロのところに戻ってくる。その頃には気付け薬など気休めにもならないくらいの発情の波が再びサウロに押し寄せていた。

「オリカ、様っ」

名前を呼ぶとオリカは苦しげな表情で抗誘発薬を

飲み、すぐにサウロのもとにやってきてくれた。サウロはその身体に両腕を回した。

この人に任せていたら大丈夫。サウロの中に、そんな信頼が刻み込まれていた。

「ふぁ、あ、もっと……。きもちいいっ……」

貪るような口付けを施され、それだけで達しそうなほどに昂り切ったものに触れられて極め、濡れそぼった身体の中に指を差し込まれて快楽に身を捩らせた。

■　■

発情期の終わりかけ。

サウロが早朝に目覚めると、発情の波はほとんど引いていた。

「おはよう」

ゆっくり瞼を開くと、いつかのようにオリカの茶色い瞳が見えた。だが、驚くことはもうない。この七日間、起きるたびにオリカの腕の中にいたからだ。

「……おはようございます」

サウロが挨拶を返すと、オリカがもう一度おはようと言ってくれる。

「どこか苦しいとか、痛いところとかはない？」

「ありません」

オリカはサウロの答えに満足げにすると、茶色の瞳でサウロをじっと見てきた。

「で、経験がないってどういうこと？」

軽く聞かれたが、その瞳は答えずに逃げることは許さないと如実に語っていた。気になっていただろうに、発情期が終わる今日まで待ってくれていたのだ。

「……」

「違うっていう嘘は通用しないから」

「言いたくありません」

オリカの腕に正面から抱かれた格好のままサウロは答えた。

「俺はあんなに献身的に尽くしたのに」

拗《す》ねるような口調で詰られる。確かに、オリカは尽くしてくれた。そして、宣言したとおりに、サウロを抱かなかった。指や唇で身体を愛撫《あいぶ》してくれたが、自身は服を脱ぐことすらしなかった。瞳に獰猛な光が宿るたび、抗誘発薬を飲み、ずっと傍にいてくれた。

「前国王陛下が」

サウロは諦めて口を開いた。知られてしまったのだから、黙っていても意味がないと思った。

「私の母を、酷く憎んでいたんです。母の血を残すことは絶対に許さないと仰って、アルファ様が私を抱くことを許しませんでした。私は、いつも保護帯と……よば、呼ばれる、道具を……」

事実を説明すればいいだけのはずだし、今は前国王もいなければあの苦しい保護帯を着けているわけでもないのに、サウロは込み上げてくる苦しさに喉を詰まらせた。ぐっと歯を食いしばり、内心でしっかりしなさいと自分を叱《しか》って、続ける。

「道具をっ、着けさせられて、じ、自慰も許されない姿を、いつも、陛下に、見、見られて、っ、いました……。私は、十っ、十四歳から」

息を吐いて吸う。

「一度も、アルファ様に抱かれて、いません……」

「っ、なんて酷いことを」

サウロが最後まで語り終えると、オリカはサウロを胸に抱いた格好のまま憤慨してくれた。それにサウロの目頭がぎゅっと熱くなった。

「っ、私は、月の宮の長でありながら、オメガとして最大で最低限の義務を、放棄していたんです。私は、白国のオメガとして許されないことを……」

手紙で指示した秘密の仕事も知られている。もうどうでもいいという気持ちでサウロは罪を告白し、自嘲《じちょう》した。目頭の熱いものはなんとか引っ込んで、清々《すがすが》しい気分になった。

「そう言えば、発情期の前に、あなたと口付けもしましたね。挙句に陛下の指名を無視して、あなたと月の宮の外で発情期を過ごすなんて。本当に、私には長の資格なんてない」

「そんなことはない」

オリカの手がサウロの背中から頭に移動して、黒髪を梳《す》くように撫でてくる。まだほんのりと熱の余韻が残っている身体がぴくりと震える。

「サウロ以上に長に相応しい人間なんていないよ。発情期にそんなに苦しい目に遭っていたのに、そんなときまでずっと月の宮で暮らしてるオメガ全員のことを考えていたんだね」

サウロは頭を振った。

「全員じゃありません。私は、弟を、シアを役立たずだからと捨てたんです」

サウロはずっと胸につかえていた気持ちを吐露した。オリカがサウロの背中をゆっくりさすってくれる。

「シアちゃんは黒国で幸せにしてるよ」

「それでも、捨てたのは、事実です。私は、自分と血が繋がっているたった一人の弟を、捨てたんです……」

サウロはぎゅっと唇を嚙んだ。金位となるはずの異父弟は、発情期が来るはずの年齢を過ぎても発情期を迎えなかった。発情期が来ないということは、アルファを産めないということだ。アルファを産めないオメガは、月の宮では存在価値のない役立たずということになる。

「捨てろって命じたのは前国王だったんだろう?」

「命令を聞いて実行したのは私です」

城下に住む白国のベータはオメガを蔑み、嫌悪している。たった一人、外に放り出されたオメガの末路など、想像に容易《たやす》かった。

「サウロは、もしかして、わかってた？　シアちゃんが、黒国に保護されるって」

　オリカの問いかけに、サウロは目を瞬いて、苦く笑った。

「たまに、城の中で、私を見て憐《あわ》れむような視線を向けてくる人間がいました。白国の人間ではありえない。ならば何者かと考えて、オメガが差別されないという黒国の人間が白国を探りに来ているのではないかと思い当たりました」

「そうだよ。黒国はずっと白国の内情を探ってた。気付いてたのか。だから、シアちゃんを外に出しても大丈夫だと思ったんだね？」

「でも、確実性なんてなかった。私は、やはりシアを捨てたんです」

「月の宮に残してもシアちゃんは辛いことになったんじゃない？」

　オリカの言葉にサウロは目を伏せた。

　前国王は二人の母を恨んでいた。サウロを執拗に苦しめて、シアには逆に無関心だった。生まれたときにはあんなに憎んでいたのに。前国王は、シアの発情期が遅れていると知ったその瞬間、役立たずなら捨てろと即刻命じてきた。サウロがもう少しだけ待って欲しいと懇願して、なんとか二年だけ引き延ばしてもらったが、シアにはとうとう発情期は訪れなかった。

「陛下は、これ以上役立たずを残すなら、代わりに他の役立たずの……老齢のオメガを一日一人ずつ捨ててやろうと仰いました。シアとオメガを一人並べてどちらを捨てるか毎日私に決めさせると。月の宮の長である私に、シアを残す方を選べるはずがない」

　前国王は、シアを捨てると答えたサウロの苦痛の表情を見て、愉快でたまらないと笑った。

オリカは何も言わずにサウロを抱きしめる腕に力を込めた。

「前国王陛下は、どうして私達を、母を、あんなに憎んでいたんでしょうね」

長年の疑問をサウロが口にすると、オリカが僅かに眉を寄せる。

「……多分」

オリカは少しだけ間を置いた。

「運命の相手だったからじゃないかな」

「運命……。ええ、陛下は確かにそう言っていました。母は、自分を狂わせた運命だと」

そうかとオリカは応じる。

「運命の相手なのに、君達のお母さんは他のアルファに抱かれてサウロを産んだんだね？」

「ええ」

サウロは頷いた。

「母は陛下よりも年上だったので。母と陛下は当時最良の組み合わせの一つでしたけれど、母に発情期が訪れたとき、陛下はまだ子供をなせるお年ではありませんでしたから」

既に出生率の落ちていた当時の白国では、とにかく様々なアルファとオメガを組み合わせてまずは子供を作らせようとしていた。位の高いオメガほど数多くのアルファが宛てがわれた。

しかし、結果は芳しくなく、前国王の代になって、出生率が上がらないなら血筋の組み合わせこそ最優先されるべきという風潮に変わった。サウロの発情期を前国王がほとんど独占できたのもその風潮のためだ。それでも子供もできないのに毎回というわけにはいかなかったから、前国王はサウロをたまに老齢のアルファに与えた。

「どれだけ頻度が少なくとも、運命の相手は必ず自分以外のアルファに抱かれる。俺ならそんなこと絶対に許せない。でもそれが白国だ。運命の相手の、自分以外のアルファとの子供は、その事実を知らしめてくる存在だ」

ぎゅっとオリカがサウロの頭を抱いてくる。運命の相手の子供なのに、自分の子供ではないから憎む。運命という正体のわからないものが、サウロにはますます恐ろしくなる。

「じゃあ、シアは？　シアは陛下と母の子だったのに」

オリカは悲しそうに目を細めた。

「シアちゃんを産んだせいで、お母さんが亡くなったからだろう。黒国では両親と子供は一緒に暮らすけど、白国ではそうじゃない。親子の縁が、特にアルファとオメガの間ではとても希薄だ。だから運命の相手との子供という事実よりも、運命の相手の命を奪ったという事実の方が重くなるんじゃないかな」

サウロは何も言い返せなかった。オリカの言う通りだった。白国では、生まれたオメガは一歳までは母親が面倒を見るが、その後は、一部の血筋のよい者を除いて、他の子供達と一緒に子供達ばかりの区画で暮らすようになる。アルファなら月の宮から出されてベータの乳母《うば》に育てられることになる。親子では子供を作ることはないから、ほとんどのアルファとオメガの親子は二度と会うことはない。

確かに白国の仕組みが国王のシアへの無関心を助長し、シアを捨てさせたとも言える。

「シアちゃんは幸せになった。もう気に病む必要はないよ」

サウロはゆるりと頭を振った。

「大丈夫。シアちゃんはサウロのことを恨んでない」

そんなはずはないと思ったが、喉がひりついて何も言えなかった。

「シアちゃんのこともそうだし、一人で、よく頑張ったね」

「っ」

誰にも言えなかった秘密をそんな風に言われて、サウロの目頭が不覚にもまたじんと熱を持ったが、サウロはぐっと我慢して、オリカの慈しむような笑顔から顔を逸らした。逸らした先は、オリカの胸の中だった。

「一人ではありません。協力者もいるし、最近は自発的に長の仕事を手伝ってくれる者もいます。リオという子は、次の長として目をかけている者ですけれど、特によくやってくれていて」

「そうなんだ。ちゃんとわかる人にはサウロの頑張りが伝わってるんだな」

「ぁ……っ」

今度こそ涙が溢れそうになって、サウロはオリカの胸の中で頭を振った。

自分らしくない。こんなに感傷的になっているのは、発情期の熱を初めて発散できたことと、オリカの、落ち着く体温と匂いのせいだと、サウロは自身に言い訳をする。

「身体、落ち着いてきたね。そろそろ、この最高の時間も終わりかな」

「最高って、あなた、ずっと辛そうだったのに……」

ついおかしくなってサウロは小さく吹き出した。

オリカはサウロを抱かず、代わりとでも言うように、手紙を出し終えた後に、まだ発情の波に飲まれていないときには沢山の話を聞かせてくれた。

世界のこと、黒国のこと、オリカの友人の話。

サウロはぼんやりと聞くばかりだったが、オリカの低音は耳心地よく鼓膜に響いて、聞いているだけで心が凪いだ。今までで一番楽な発情期を過ごすことができた。

お陰で、誰にも言わないと決めていたシアに対する罪悪感までを語ってしまうはめになった。

「そうだけど、でも、運命の相手を独り占めできた。

これが最高でなくてなんだって言うんだ」

見上げた先で、優しい茶色の瞳が甘く溶ける。

「運命……」

またその言葉だ。

「まだ信じてくれてないのか」

サウロにはやはりわからないし、わかりたくもない。先ほど聞いた前国王の話が心に重くのしかかっている。運命は、誰かを憎み、不幸にするためのものとしか思えない。

「運命じゃなくてもいいよ」

オリカは笑ってサウロの背中をぽんぽんと叩いた。

「え?」

「名前なんてどうでもいい。サウロが、俺を好きになってくれたらそれで。少なくとも俺はサウロにどうしようもなく惹かれているから。誰よりも傍にいたい。ずっと触れていたい。笑顔を向けて欲しい。そっちは?　俺に対してどう思う?」


「私は……」

わからない。けれど、オリカといると心が穏やかになる事実は認めざるをえない。黙ったサウロに、オリカはそれ以上何も言わなかった。

「そろそろ、戻ります」

「ああ、名残惜《なごりお》しいけど。次の発情期も、絶対に俺が傍にいるから」

「次こそ、私を抱く気ですか?」

サウロは努力して強気な笑みを浮かべ、聞いてみた。

「それはサウロ次第だな。俺に抱いて欲しいって言ってもらえるまでは抱かないし、誰であっても、サウロの初めては渡さない」

優しい表情だった。けれど、明るい色の瞳には、はっきりとした決意が宿っていた。じくりと、サウロの身体に甘い痺れが走る。発情期の熱とよく似ているけれど、明らかに違う。身体の中心ではなく、胸の奥が熱い。

「約束は、できません」

「俺が勝手に自分に誓っているだけだ。ずっと傍にいる」

「……ずっと傍にいられたら邪魔です」

サウロの返事に、オリカは確かにと笑った。

「傍にいてもいなくても、どこにいても、サウロが困ったときには絶対に助けにいく」

「根拠のないことは仰らないで下さい」

「根拠ならある。俺達は運命で結ばれている。傍にいなくても、結ばれているんだ。だから絶対に駆け付けられる」

オリカは指先でとんとサウロの胸を叩いた。一瞬、そこがほんのりと熱を持つ。それでもわからないと頭を振ったサウロに、オリカは目を細めた。

「わからなくていいよ。でも、これは誓いの口付け」

そう言って、オリカは最後にサウロに深く合わせるだけの口付けをくれた。

■　■

サウロは朝のうちに月の宮に戻ると、発情期の終わったオメガに義務付けられているとおり、真っ先に妊娠の兆候の検査を受けに向かった。

「サウロ様？　戻ってこられたんだ」

月の宮に戻ってきたサウロに、通りかかったオメガ達は様々な反応を見せた。サウロの行く先々でこそこそと囁《ささや》きあう声が聞こえてきた。

「発情期を外で過ごすなんて長《おさ》としてあるまじきことだと思うの。サウロ様は長として相応《ふさわ》しくないんじゃないかしら」

以前から仕事が増えたことでサウロに悪感情を抱いていた者は、サウロに聞こえる大きさの声でこれみよがしに言っていた。

「サウロ様、お帰りなさいませ」

逆に、オリカに好感を抱いていた者は、オリカ様の望みが叶《かな》ってよかったとばかりにサウロを見て嬉《うれ》しそうに挨拶《あいさつ》をしてきた。

当たり前のことながら検査で妊娠という結果は出なかった。

「残念ですが、今回は……。ただし、これは簡易の検査です。後で陽性に転じることも少なからずありますので、しばらく無理はしないで下さい」

検査の担当をしているオメガ達は、定型文のように残念と言いながらも、サウロに子供ができていなかったことに安堵《あんど》した様子を見せた。中にはサウロがオリカと過ごしたことを喜んでいた者もいたが、オリカに好意的でも黒国の血が混じることにはどこか複雑な感情を抱いていたのだろう。

サウロは検査を終えると、普段通り執務室に入った。たまたま誰もいないようで、しんと静まり返っていた。机の上に載っていた物資の管理表を見ると、きちんと昨日までの記録が取られていた。

サウロは椅子《いす》に座る。

「子供……」

抱かれなかったからできるはずがない。けれど、サウロは自身の腹に手を当ててふと考え込んだ。

「そうか、私は子供を産めるのか……」

平たい腹だ。当たり前だが、胸も出ていない男の身体だ。けれどオメガだから子供を産める。生まれてから当たり前だったことを何故《なぜ》か今更実感していた。

「サウロ様、お戻りだったんですか？」

今日の分の物資の搬入を確認してきたらしいリオが帰ってきた。リオはサウロの姿を目にして顔を輝かせ、サウロの机に寄ってきた。

「心配をかけましたね。不在中、よくやってくれました」

書類を示して感謝を述べると、リオは嬉しそうにする。

「あの、子供は……？」

リオがおずおずと聞いてきたので、サウロは頭を振った。リオは少し残念そうにした。

「でも、よかったですね」

「よかった？　何の話ですか？」

「だってサウロ様、オリカ様といるときはいつも楽しそうだから。新しい陛下《へいか》じゃなくてオリカ様とお過ごしになれてよかったなって」

「リオ、なんてことを言うのですか！」

「あっ」

サウロが叱《しか》ると、リオははっとして口に手を当てた。

国王を軽んじるような発言は許されない。いや、そもそも、月の宮のオメガなら、そんな言葉が出てくるわけがない。リオはもともと、アルファに対して盲従しているとは言えない部分があり、そこがリオなら自分の跡を継がせられるのではとサウロが考えた理由だったのだが、今の発言は度が過ぎていた。

「申し訳ありません」

「今のは聞かなかったことにします。今後は気を付けなさい」

サウロが窘《たしな》めると、リオは素直にはいと謝った。酷《ひど》く落ち込んでいる様子だったので、サウロは苦笑して話題を変えた。

「それに、私がオリ……あの方といて、楽しそうとはどういうことですか」

名前を口にしかけただけで、サウロの中の何かが疼《うず》いた。発情期の間のことが蘇りそうになって慌てて呼び方を変えて打ち消す。

「だって、サウロ様、普段は何があっても表情を変えられないのに、オリカ様といらっしゃるときだけ、困ったようにされたり、怒ったりされていますよ」

「それが楽しそうなのですか？　困らされているだけではありませんか」

「あれ？　そうですね。でも、楽しそうに見えるんです」

リオは首を傾《かし》げながらもそう断言した。

「意味がわかりません」

サウロは嘆息して立ち上がる。

「どちらへ？」

「陛下から、戻ったら陛下の執務室に来るようにという命令があったようなので」

机の上には、その旨《むね》の伝言も残されていた。

発情期のことを叱責《しっせき》されるのだろうと予想はつくので憂鬱《ゆううつ》だったが、行かないという選択肢はない。

リオに後のことを頼んで正門に向かう。

「エマ、不在の間のこと、助かりました。迷惑をかけてすみません」

戻ってきたときは別の見張り番だったが、交代したらしい。サウロが声をかけると、エマはいいえと頭を振った。

「以前、ただ耐えることしかできなかった私を助けて下さったのはサウロ様です。少しでもお役に立てたのならこんなに嬉しいことはありません」

「私は、月の宮の長として当たり前のことをしただけです」

「いいえ。前の長様は何もして下さらなかった。恩人のサウロ様のためならなんでもやらせてもらいます」

「……ありがとう」

エマに礼を言って月の宮の外に出る。

「よくやった！」

「痛っ」

外門から出ると、門番達から肩をばんと叩《たた》かれた。

「おい、オメガは俺達と違ってか弱いんだ。加減しろ！」

門番達は言い合いながらもにやにやとした顔をサウロに向けてくる。戻ってきたときにオリカが正門まで送ってくれたので、何が起きたのか察したのだろう。自分のことのように嬉しそうにする彼らに居心地悪い思いをしながらサウロは王城の国王の執務室のある建物に入り、廊下を進む。

ふと、どこか、城の雰囲気が変わっている気がした。前国王の崩御《ほうぎょ》から、いや、それ以前から城内に漂っていた陰鬱な影がなりを潜めているような。

「いつの間に？　あの人の、せい？」

ぽつりと呟《つぶや》いて、サウロはまさかと頭を振った。たった一人の人間が、何もかもを変えられるわけがない。だが、それがアルファという存在でもある。人々を惹《ひ》きつけ、導き、国を発展させる。

人気のない場所で、サウロの足が止まった。

オリカのアルファとしての力は、間違いなく今の白国のどのアルファよりも強い。ベータも、オメガも、そしておそらく、より強い者に従うアルファも、オリカに導かれることを望むようになるのにそう時間はかからないだろう。

もし、オリカが白国の人間となり、国王となってくれれば、オリカの下で白国はかつての栄華を取り戻すことができるかもしれない。国が安定すれば月の宮も昔のように明日を憂えずに済むようになるかも……。

「なんて馬鹿なことを……」

そこまで考えて、サウロは自嘲《じちょう》した。

アルファがオメガを保護し、ベータとオメガを支配する。それは、今の白国の仕組みとまったく変わらないものだからだ。

オメガは相変わらず月の宮に囲われて、発情だけが存在意義という生き方を強要される。

「結局、私達がこの国で生きていくには、それしかないのか……」

アルファにとってオメガは求めて止まないものだとオリカは言った。では、オメガにとってアルファとは。

塔の上で脳裏《のうり》を掠《かす》めた疑問がサウロの中で蘇る。

先ほどまでの思考に従えば、オメガにとってアルファとは、これまでの白国と同じで支配者となる。

不意に前国王の瞳の色を思い出した。支配されるとは、ああいうことだ。自由を奪われて、屈辱に甘んじさせられる。サウロがずっと逃れたいと望んできたものだ。自分は本当は心の底であれを望んでいたというのか。いや、絶対にそんなことはない。

「は……。そうじゃない」

オリカならきっと支配なんてしない。もっと違う方法で、オメガが生きていくことを望んでくれるはずだ。オリカの存在を知った今、サウロははっきりとそう思った。そして、そうありたいと、思えた。

「アルファの支配なんて、もうまっぴらだ……」


「物騒なことを仰《おっしゃ》られる」

誰もいないと思っていたのにすぐ近くから声がして、サウロは迂闊《うかつ》なことをしたと青ざめた。先ほど自分自身がリオを窘めたばかりなのに。

「ロイ、様……」

声をかけてきたのはロイだった。相変わらず、前国王とよく似た瞳の色をしている。オリカに聞いた赤国の白蠍《しろさそり》という異名《いみょう》を思い出して、サウロは身構える。

ロイは口端を吊《つ》り上げて笑った。

「先日はあの黒国のアルファにあなたを奪われてしまいましたからね。またお会いしたいと思って、あなたが月の宮から出てくるのを待っていたのです」

「待っていた？　私をつけてこられたのですか？」

「人聞きが悪い」

ロイは悪びれもせずに笑った。

「あなたは歩く姿も美しいので、つい見惚《みと》れて声をかけ損ねていただけですよ」

ロイが一歩近付いてくる。サウロはその分一歩退《さ》がって、もう一歩近付かれたので、もう一歩退がる。そのうちに、背中が壁に付いた。こうしてみると、ロイはオリカと変わらないくらいに背が高く肩幅があった。

「黒国のアルファと発情期を過ごされたようですが、妊娠は?」

「……簡易の検査しかしていないので、絶対ではないですが、していないようです」

抱かれていないのだから妊娠もしているはずがなかったが、サウロは断言しないように答えた。

「それはよかった」

ロイは薄い唇をにやりと撓《たわ》めた。

「そうなっていたら、子供を殺さなければならないところだった」

物騒な言葉にサウロは眉《まゆ》を顰《ひそ》める。

「一体、何を仰っているのですか?」

「あなたが孕《はら》むのは私の子供と決まっているので」

ロイはいよいよわけがわからないことを言い出す。

「あなたはベータです。私があなたの子供を孕むなんてありえません」

「俺がアルファだったら?」

「え……?」

ロイは口調をがらりと変えて笑みを深めた。今は、瞳も笑っていた。

「赤国には、アルファもオメガもいないはずです」

「そう。赤国は大昔はこの辺りで一番の強国だった。だが、白国にアルファの始祖が現れ、白国の発展によって辺境に追いやられた。ろくな資源もない、荒れ果てた、生きるだけで精一杯の、不毛の地に」

ロイはサウロをゆっくりと両腕の中に囲い、赤国の歴史を語り始めた。

「同じくアルファが現れた黒国以外はほとんどがそ

うだ。白国に滅ぼされた国も少なくはない。国としての体裁を保っていても、白国の属国のようなもの。白国に貢ぎ物をして顔色を窺《うかが》うしか生き延びる術《すべ》はなかった。赤国も南の辺境に追いやられ、辛酸を嘗《な》める日々が続いた。だから赤国は、アルファを憎んでいる」

ロイの青い瞳に、怨念《おんねん》のような炎が宿った。

「でも、貢ぎ物を、持ってきたと……」

「白国の内部に入り込むためだ」

サウロはごくりと喉《のど》を鳴らす。

「赤国には一応王家が存在するが、白国によって辺境に追いやられたせいで実力主義の国になった。白国が衰退している間に周辺の国を捩《ね》じ伏せ、じっくりと国力を付けてきた。俺は没落貴族の子供として生まれたが、実力で軍部を掌握するまでに成り上がった。その過程で知ったよ、自分に普通ではない力があることに。俺が命令すると、相手はどんなに不本意でも必ずその命令を聞くんだ」

ロイが喉を鳴らして笑いながら語るその力は、アルファのものと全く同じだった。

「実は俺の母はね、外交で赤国を訪れた白国のアルファに祖母が犯されてできた子供だったらしいんだ。祖母が若い頃には、この白国にはまだ強いアルファが存在していた。俺はその血を引いている」

「アルファは、オメガからしか、生まれないはず……」

からからの喉でサウロは答える。

その瞬間、ロイの瞳が激情に燃え上がった。だがすぐにその炎は消えてしまった。一体、今のは何だったのか。

「確かにそう言われている。だが実際、俺にはアルファの力が具《そな》わっている。俺は、アルファだ」

理屈はわからないが、先祖返りということなのか。

時折、弱いアルファとオメガの組み合わせから、強いアルファが生まれることもある。その類《たぐい》の、偶発的なことなのかもしれない。

「何故、わざわざベータだと偽っているのですか？」

「言っただろう？　赤国ではアルファは憎しみの対象だ。赤国でアルファだなんてばれたらそれだけで処刑される」

恐ろしいことをロイは笑顔で告げてくる。

「まあ、もっとも、アルファであることは自分から言いでもしなきゃ、わかりゃしないんだけどな。オメガの発情に誘発されたらバレるが、それには耐性を付ける薬がある」

「どこでその薬を」

「抗誘発薬のことを知っているのか？　黒国では普通に流通しているらしいぞ。自分がアルファとわかってからアルファとオメガのことは調べ尽くしたんだ」

サウロの疑問にロイはなんでもないことのように答えた。

「ということで、ばらしたって無駄だぜ？　ところ構わず発情するようなオメガと違って、薬さえあれば俺がアルファだって証明はできない。何しろ、アルファもオメガもいないはずの赤国人だしな」

ロイは面白そうに笑った。発情期のあるオメガへの蔑みを隠しもしていない。

「なあ、俺と組まないか？」

「組む……？」

「あんた、白国のアルファを憎んでいるんだろう？」

「そんなことは、ありません……」

否定したが、先ほどアルファの支配を否定した呟きを聞かれてしまっている。サウロの口調は弱々しいものになった。

「大丈夫。誰にも言わないさ。俺も秘密を打ち明けたわけだからな。で、話を戻そう」

ロイの手が、サウロの顎《あご》を掬《すく》った。指先から冷たい感覚が全身に波及する。

「俺の子供を産め」

「なっ」

「白国のアルファ、ありゃ駄目だ。頭も悪いし、そこそこの力はあっても戦う技術を磨かないから、ベータ並みに愚鈍だ。そんな奴らにいいようにされるんだから、あんたが恨むのもよくわかる。だが、俺はそうじゃない」

自信満々にロイは言う。

「俺とあんたの子供なら、強いアルファが生まれる。そうしたら白国は再び勢いを取り戻せるし、あんたも金位になれるだろう?」

「既に、黒国のアルファが来ています」

サウロの言葉を、ははっと、ロイは笑い飛ばした。

「白国は俺を取った。あの男は用無しだ」

「どういうことですか?」

「赤国は白国に協力を惜しまない。白国のアルファ様のお役に立てるのなら、近頃見付かった赤国の鉱山から採れる資源をいくらでも見返りなしでお贈りする。ただし、黒国の手を借りるというなら話は別だ。手を取れるのは赤国か、黒国か、一つだけ。そう言ったら、あの馬鹿なアルファの国王は、あっさりと赤国を取った」

「そんな都合のよすぎる話を、陛下が信じるわけがない」

サウロがやっとの思いで反論すると、ロイはにやりと笑った。もしかしたら、アルファの力をこっそりと使ったのではと思い至ってサウロの顔から血の気が引いた。

「オリカ様もそんなことを許すはずが……」

「あの黒国の男か?　あの男はお前の発情期に夢中で、俺の企みには一切気付いていなかったらしい。拍子抜けするくらい簡単に俺の思惑通りにことが運んだ」

ははははとロイは腹を抱えて笑う。サウロの目の前が真っ暗になった。自分の発情期のせいでオリカを窮地に陥らせてしまった。

「ということで、黒国の男はもうこの城にはいない」

「っ、陛下に確認を」

「確認するまでもないさ。俺が引導を渡してやったからな」

くははははとロイはいっそう高らかに笑った。

「何をしたんですか?」

「顔色が変わったな?」

ロイは笑みを止めて、青い瞳を細める。

「あの男はそんなによかったか?」

「あ、あなたには、関係ありません!」

オリカと過ごした発情期のことを、この男に勘繰られることが我慢ならなかった。サウロの怒りにロイは愉悦を滲《にじ》ませる。

「あの男、確かにこの国のアルファどもよりは強い力を持っていたようだな。だが、俺が国王の隣で、国王がご命令されているではないか、出て行けと言った途端、真っ青になりながら従ったぞ」

それはロイの力がオリカよりも勝っているという証拠だった。最強と呼ばれるアルファは、ベータだけではなく他のアルファさえも従えることができる。

「うそ、です……」

「信じられないか? だったら国王のところに行って聞けばいい。ただし、今の話は俺とあんただけの秘密だ。もし誰かに喋《しゃべ》ったら俺は予定通り内部から手引きして赤国の軍隊に白国を総攻撃させる」

「ベータの兵士と一人二人のアルファの指揮官で構成されている辺境の軍はともかく、ここは白国の中心です。大勢のアルファ様を相手にして勝てるとお思いですか?」

サウロの言葉を、ロイは笑い飛ばした。

「光り輝く者だとかなんだとか呼ばれるアルファの

始祖は一言で千人のベータをひれ伏させたとか言われているが、今の白国のアルファにそんな力を持つ者はいない。何より遠くから飛び道具を使えば、その力も無意味だ」

アルファへの対策は十二分になされているのだとロイの表情は語っていた。

「赤国はアルファを憎んでいるからなあ、そうなればアルファを産むオメガもどうなることか」

「そんな……」

「だから俺と組めって言ってるんだ。俺はどっちでもいいんだぜ？　総攻撃したら赤国の将軍として白国を侵略できるから俺の赤国での地位はさらに上がるし、王女の入り婿《いむこ》になって次期国王も夢じゃない」

ロイがサウロの首輪を掴《つか》み、ぐっと持ち上げる。

サウロは反抗できなかった。

「あんたが俺と手を組んでアルファを産めば、その子供は強い力を持っているに違いない。その子供はすぐにでも白国の王になるだろう。幼かろうが関係ない。俺がそうさせる。そうしたら俺の出番だ。俺が子供の父親だって公表すれば、白国は俺を迎え入れざるをえないだろう。なんてったって、最強のアルファを白国のオメガに産ませたアルファなんだからな。俺は白国王の父親として労せずして白国を手中に収められる。そしたら逆に赤国を飲み込んでもいい」

ロイのずる賢い方法は、サウロに言葉を失わせた。

「俺としては後者を推《お》すがな。時間はかかるが、オメガを生かしてやれるから俺の血を引くアルファの子を大勢作れる。その子供を駒にすれば世界中の国を平らげることも夢じゃない」

どうする、とロイは首輪から手を離した。

「何故、手っ取り早くあなたの力でこの国の王にならないのですか？」

サウロは首に手を当て、ロイに問う。ロイは声を立てて笑った。

「そういうのが好きなだけだ。力づくなんて面白くない。俺をベータと信じきっている赤国が、白国が、俺の掌《てのひら》の上で転がされる。最高の遊戯じゃないか」

この人はおかしいとサウロは思った。オリカとは正反対の意味で自分の常識とは相容《あいい》れない。

「まあ、赤国の場合は、アルファを忌み嫌っているから、アルファとばれたらいつ寝首をかかれるかわからないってのもあるがな。白国で力を手に入れてから赤国を落とすのが俺としては理想的だな」

「あなたと組めば……月の宮は、今のままにして下さるんですか?」

「あんたと、俺の気に入ったオメガはな。俺が毎晩存分に可愛《かわい》がってやるよ」

「他の、者は……?」

さあなとロイは舌なめずりをした。真っ赤な舌が、薄い唇をぞろりと舐《な》めて引っ込んでいく。

「あんなに大勢はさすがに俺一人には必要ないとは思わないか?」

「……」

「さて、俺と組んで一部のオメガだけでもいい思いをするか、誰かにこのことを喋って白国ごと全部滅びるか。あんたにはどっちか一つしかない。わかるな?」

脅されて、サウロは頷《うなず》くしかできなかった。

「色よい返事を待ってるぜ」

ロイの笑い声を背後に、よろよろとしながら国王の部屋に向かう。

「サウロ、やっと来たか」

国王は上機嫌だった。

「今回の発情期は口惜しいことになったが、子供はできていないだろうな?」

「……はい」

サウロは何も宿っていない下腹に手を当て、力なく頷いた。

「そうかそうか。あの男、散々種馬だとか言っておきながら情けないな。その程度のアルファだったのだ」

国王は弛《ゆる》んだ腹を揺らしてオリカを嘲笑《あざわら》った。

「もうあの男はいないからな。次こそは俺が相手をしてやるぞ」

「オリカ様を、本当に、追い出したんですか?」

「なんだ、知っているのか?」

「先ほど、ロイ様に、お会いして……」

サウロが答えると、国王はそうかと誇らしげに頷いた。

「黒国でも指折りの力を持つアルファで、数十人のベータを言葉だけでひれ伏させることができると聞いていたが、俺が出ていけと命じたら悔しげにしながら従ったぞ。白国にいる以上はわざわざアルファの力を使ってそんな真似《まね》をする必要はないから、俺としたことが自分の力を見誤っていた。全く、俺よりも弱いくせによくもあんなに偉そうにできたものだ」

国王は、オリカを追い出せたのは自分の力だとすっかり信じていた。

「それに比べてロイ殿《どの》は殊勝なベータだ。白国のアルファ様にお会いして長年の不義理を悔んだと言うんだ。確かに、小競り合いになっている他国には正式なアルファの使者を久しく送っていなかった。実際にアルファを前にすれば、他国も赤国のように態度を改めるだろう」

国王は完全にロイの言葉に乗せられていた。その上、ロイがアルファだということに少しも気付いていないらしい。

「それは素晴らしいことですね」

そんなことがあるものかとサウロは思ったが、なんとかそう口にした。たとえ、それを実行しても、力が衰えきっている白国のアルファでは相手にしてもらえるか怪しいところだ。白国のベータはアルファに盲目的な忠誠を誓っているからアルファの命令がよく効くが、他国はそうではない。

「そうだろう。前国王はそんなことにも気が付かなかったんだな」

前国王は、それくらいは理解できる頭を持っていたから、無駄なことをしなかっただけだ。アルファの力を使った外交は一過的な効果しか見込めない。たとえその場では言うことを聞かせることができても、後で反故《ほご》にされるか、不平等な関係に国内の反発を買って却《かえ》って白国が嫌厭《けんえん》されるようになるだけだ。

「ええ、本当に」

サウロは国王の前から辞して、足早にオリカの使っていた客室棟に向かった。行くように命じられていないから勝手に行ってはいけないとわかっていたが、止められなかった。

「っ」

そこには、誰もいなかった。がらんとした部屋に、処分しきれなかったのか、数枚の書類が残っているだけ。オリカの匂いはするのに、本人はいない。

オリカは、いつもここで書類に埋もれて、仕事をしていた。サウロが来ると、疲れた顔に喜色を浮かべて迎え入れてくれた。

「オリカ……」

オリカが寝室として使っていた部屋にも誰もいなかった。敷布には皺《しわ》が寄っている。ここで二人で抱き合って語り合ったときのままだった。

「あ……」

寝台の下に、ぽつんと、オリカのマントが落ちていた。落としていったのに気付かなかったのか。

サウロは主人を失ったマントを摑み、寝台の傍《かたわ》らに膝《ひざ》をついた。

ここで、何度もオリカの口付けを受けた。オリカの男らしい手で全身を撫《な》でられた。逞《たくま》しくて温かい身体に抱き締められた。沢山の話をした。あれからまだ一日も経っていない。

「あなた、次の発情期も、自分が傍《そば》にいるって、言ったじゃありませんか……」

嘘吐《うそつ》きと、詰《なじ》る言葉を敷布に沈み込ませた。

■　■

「サウロ様、オリカ様は？」

サウロは声をかけられた方にぼんやりと向いた。

白い首輪をした小さな子供達がサウロを見上げていた。

「あなた達、ここは子供の来るところではありませんよ」

いつの間にか月の宮まで戻ってきていたらしい。

数人の子供達が、歓喜の間に繋《つな》がる渡り廊下に並んで立っていた。靴がないから、そこまでしか出てこれないのだ。

「だって、オリカ様はまた遊びに来てくれるって言ってたのに、今日も来ないの」

子供達はすっかりオリカに懐いていた。オメガは男性であってもあまり身体が大きくならず力のない者ばかりだから、オリカの豪快な遊び方が新鮮で気に入ってしまったらしい。

「オリカ様は、もう来ません」

「どうしてー？」

「約束したのに！」

子供達が一斉に不満を漏らす。その言葉に、サウロは苛々《いらいら》とした。

「来ないものは来ません。あの方は、白国から出ていったのです」

「嘘だあ！」

「なんで？」

それにも抗議と疑問の声が上がる。

「知りません。とにかく、もう、あの人はいないんです」

言いながら込み上げてくるものがあって、サウロは子供達を置いて足早に奥に向かった。

もういない。自分で言った言葉がずっしりと重い。

床が消えてなくなったかのような錯覚に陥りながらなんとか執務室まで辿《たど》り着くと、うずたかく積み上がった書類の束が迎えてくれた。

「サウロ様、係を変えて欲しいという嘆願書が……」

リオが申し訳なさそうな顔で説明をしてくれる。

「この件は、しばらく待つようにと伝えたはずですが」

「どうも仕事に不満のある者達が共謀して一斉に提出してきたみたいで……。係を変えてくれないなら、もう仕事はしないと」

発情期を外で過ごすという失態を演じたことで、サウロを軽んじて画策したのだろう。一番上の書類の名前は、見覚えがあった。アルファを三人産んで、銀位の次の水色にまで成り上がったオメガだ。三番目の位であるのに、昔と違って働かねばならないことを常々不満げにしていた。

「どうしましょう。状況を改めて説明して、納得してもらいますか」

「働きたくないというなら勝手にさせなさい」

「え？」

リオが驚いた顔になる。

「ただし、働かないなら食事は抜きです。洗濯も掃除も、係の者に任せることは許しません。全て自分でさせなさい」

「でも、それは……」

これまでサウロは適材適所でないと判断したら別の仕事に回したり、叱りに行ったりすることはあったが、身命に関わるような罰を出したことはない。

「構いません。今まで甘くしすぎたのです。この後、もっと厳しい時代が来れば、そんな我儘《わがまま》は通用しないと知っておかねばなりません」

「厳しい時代？」

リオの目が不安そうに瞬く。

「っ、なんでもありません。とにかく、今の言葉を伝えておいてください。私は少し休みます」

サウロは執務室を出て自室に入った。

白国は、黒国を捨てて、赤国、いや、ロイを選んだ。白国の自立を望む黒国と違って、赤国は白国を飲み込むことを虎視眈々《こしたんたん》と狙っている。ロイはさらに赤国を裏切り、アルファとして白国を乗っ取ることも企てている。

サウロがロイと手を組んで強いアルファが誕生すれば、アルファの力によって白国も今よりはマシになるだろう。ロイが選んだオメガも贅沢《ぜいたく》な暮らしができるはずだ。だが、ロイははっきりとは答えなかったが、選ばれなかった者は、おそらく月の宮から放逐される。

だからと言って、ロイの企みを国王に訴えれば、白国はアルファを憎む赤国に侵略され、月の宮は白国と一緒に全て崩壊する。

どちらにしても、ほとんどのオメガには悲惨な未来が待っている。

「私に、どうしろと？」

二つのどちらかを選べと言われたら、ロイと手を組む方しかない。しかし、そうなると。

「私は、あの男に抱かれて、あの男の子供を……？」

嫌だと思った。

アルファはサウロをことごとく翻弄《ほんろう》する。結局は、アルファだ。アルファがサウロの運命を支配している。これまでも、これからも。

「私に、月の宮のオメガだけではなく、白国の、ア

ルファとベータの行く末まで責任を負わせるという
のか……！」

サウロの中で、何かが堰《せき》を切ったように流れだした。怒濤《どとう》のように、感情の波が襲ってくる。

「あの男の子供なんて産みたくない。あんな、男！」

サウロに重いものを背負わせたロイ。

「私を苦しめ、屈辱を与えた前国王！」

サウロの人生と価値観を捩じ曲げた男。

「大した力もないくせに、アルファというだけで国王になった現国王！」

サウロを好色な目で見てくるゼル。

「アルファなんて嫌い……！」

サウロは寝台に突っ伏し、拳《こぶし》を何度も叩きつけた。

「アルファも、……ベータも、オメガも、全部、全部！」

アルファだけではない。サウロにいつも酷い言葉を投げつけてきたベータ達。そして、アルファを産んだことがないと馬鹿にしているくせに、何かあればすぐにサウロを頼ってくるオメガ達。

長年にわたって蓄積されてきた不満が爆発する。

だが、誰かに聞かれてはいけないという理性がどこかで働いて、慌てて枕を摑んで声を染み込ませる。

そんな自分が滑稽で、愚かしくて、余計に苦しい。

「あ、あっ、あああぁッ！」

どれだけそうしていたのか。

声にならない叫びを上げて、全部吐き出し、サウロは空っぽになった。

ぼんやりと顔を上げ、辺りを見回す。薄暗い闇に沈む、しんと静まり返った自分の部屋。

「……オリカ」

空っぽになったサウロの口から溢《あふ》れたのはサウロを置いて出ていった男の名前だった。

オリカだって、アルファなのに。

「アルファなのに、アルファらしくない」

発情期のサウロと一緒にいて、しかも運命だなんて言いながら、サウロを抱かなかった。頼らないと告げたら悪いと謝ってきて、口付けがご褒美だと言う。この寝台で目が覚めたら茶色の瞳が目の前にあって……。

「この枕に、口付けていった」

サウロは、そのときのことを思い出して笑っていた。

次いで、別れ際のオリカの言葉が蘇った。

『誰であっても、サウロの初めては渡さない』

『根拠ならある。俺達は運命で結ばれている。傍にいなくても、結ばれているんだ。だから絶対に駆け付けられる』

「……運命」

オリカの言った運命の相手という言葉が、サウロの胸の奥底で芽吹く。

「あ……」

視界の端に、オリカのマントが目に入った。オリカの部屋から無意識に持ち帰ってしまっていたらしい。

熱いものが胸をじわりと満たす。オリカが、すぐそこにいる気がした。

マントを抱き締める。

オリカの爽《さわ》やかで落ち着く残り香が鼻腔《びこう》を掠める。微《かす》かなそれが、サウロの胸を穏やかにしてくれる。

「運命って、こういう、こと?」

オリカはいない。それなのに、そこかしこに気配が残っていて、何よりサウロの胸の中に生きている。とんと、胸を指先で叩かれたときの感触が蘇った。ここにいなくても、結ばれている。サウロに寄り添って、サウロを決して孤独にしない。そんな気がする。

「ふ、ふふ、ふふふ……」

サウロは笑っていた。

「あの人が、私を諦めるはずがない」

確信があった。根拠はない。けれど、絶対にオリカは戻ってくる気がした。自分で自分に誓っていたではないか。

「オリカは、私が長として相応しいと言ってくれた」

サウロの犯してきた禁忌を、罪を、否定することなく聞いてくれた。その上で、サウロのことを認めてくれた。みっともないところを見せてもなお、頑張ってきたと褒《ほ》めてくれた。

もし彼が今ここに現れたら、サウロを見てどう思うのだろう。そう考えて、サウロは顔をくしゃくしゃにしながら笑っていた。

「嘆くだけで諦めるなんて、もったいない」

まだ少しだけ、サウロには前に進む力と理由が残されていた。

■ ■

翌朝、サウロは起床すると、身なりを整えて姿見の前に移動した。

鏡にはオメガの男性が映っている。ひらひらとした淡い色の衣服に、銀糸の施された黒の首輪。

細身だが、骨格は男性のものだ。身体も顔付きも、女性のような柔らかさはない。

背筋をぴんと伸ばして口角を僅《わず》かに上げる。

ふっと息を吐いて、サウロは自室を後にした。

「サウロ様？」

一度、執務室に向かうと既にリオがいて部屋の掃除をしてくれていた。

「リオ、いつも助かっています。ありがとう」

「とんでもない。これくらい。サウロ様こそいつも僕達のためにありがとうございます」

礼を言うとリオがぴょこぴょことした足取りでやってきて嬉しそうに応じる。

「あの、サウロ様。オリカ様がいなくなったって、本当ですか？」

リオが気遣わしげに聞いてきた。既に噂《うわさ》が広がっているのだろう。サウロが頷いて応じると、リオは辛《つら》そうな顔になった。

「リオ、なんて顔をしているんですか」

サウロは苦笑した。

「だって、サウロ様、オリカ様のこと……」

「しい」

サウロはリオの唇に指を近付けて、口を閉ざす仕草をした。特定のアルファに好意を寄せているなんて月の宮では許されない。リオがあっと声を上げ、赤くなって黙る。

「どうしました？」

「い、いいえ。すみません。変なことを言いそうになって」

「本当です。気を付けなさい」

サウロは笑みを浮かべて優しく注意する。何故かリオがもっと真っ赤になった。

「そ、その、サウロ様は、こんな早くからどうされたんですか？」

既に太陽は昇っているが、月の宮はその役割が主に夜にあるために、朝が外よりも随分と遅い。

「少し出てきます」

「また陛下のお呼び出しですか？」

サウロは頭を振った。

「守るのではなく、進むための一歩を踏み出そうと思って」

リオが盛大に首を傾げるのにサウロは小さく声を立てて笑って、月の宮を出た。

行く先は、ロイのいる客室棟だった。

「俺と組む決心が付いたのか？　随分と早い決断だったな」

ロイのもとを訪れると、ロイはにやにやとした笑みを浮かべて迎え入れてくれた。絨毯《じゅうたん》の上でサウロを抱き寄せ、黒髪と首輪にべたべたと触れてくる。サウロはロイがしたいようにさせて、小さく頭を振った。

「もう少しだけ、時間を下さい。気持ちを整理する時間が必要です」

「仕方ないな。ま、次の発情期までは待ってやるよ」

サウロが自分の申し出を受け入れる他ないと思っているロイは機嫌を損ねることなく応じる。

「ロイ様。今日はお願いがあって来たのです」

サウロは、これまでアルファにしてきたように、憂いを帯びた瞳でロイを見詰めた。

「なんだ？」

ロイはまんざらでもない様子で問い返した。サウロは薄い青の瞳に映っている、いつもの自分を見ながら微笑《ほほえ》む。

「実は月の宮では火と刃物の使用が制限されているのです。アルファ様がいらっしゃるときには少しなら使えるのですが、普段はお湯を沸かすこともできなくて」

「それで？」

「火と刃物を使えるようにあなたから陛下に頼んでいただけませんか？」

サウロの言葉に、ロイは青い目を眇《すが》めた。

「何を企んでいる？」

「あなたに追い出されるオメガのことを心配しているのです。火も刃物も調理に使います。厨房《ちゅうぼう》を調《ととの》えて、煮炊きをします。食事も作れないのでは外では生きていけないでしょう？　他にも、外で生きていけるのに最低限のことを身に着けさせるつもりでいます」

サウロは正直に答えた。ロイには下手な嘘は見抜かれてしまうだろうと思ったからだ。

「優しいことだな」

「……自分は月の宮に残って、あなたのもとで贅沢をするのに？」

サウロの言葉にロイは違いないと笑った。

「だがきっと無駄だぞ？　城の外に出たオメガなんて、身体を売るくらいしか生きていく方法はない」

「それでも、何もしないよりはいい」

サウロはしっかりとロイを見据えて答えた。

へえとロイは面白いものを見る目になった。

「白国のオメガなんて世間知らずで自分で何も決められないような奴しかいないと思ってたがな」

「私のようなオメガはお気に召《め》されませんか？」

「いいや。これはこれでいい。屈服させ甲斐《がい》がある」

ロイの瞳が獲物を見定めるように細められる。それに、サウロは挑戦的な笑みを浮かべて返した。ロイは声を立てて笑った。

「いいだろう。ゼル国王には俺から言っておく。将来的に俺が月の宮の主人になったときにも火が使えないと不便そうだからな。料理人を入れても厨房がなけりゃ、美味《うま》い食事にもありつけない」

「ありがとうございます」


火と刃物を使う許可はすぐに下りた。

ロイは国王を、サウロが寒い冬を越すのが辛いと言っていた、次の冬が来るまでにはなんとかしてあげたいなどと、さも惚《ほ》れた相手の気を引きたいという風に説得したという。

国王は面白がるのが半分、ロイへ、ひいては赤国へ威厳を見せておきたいという打算が半分あったのだろう。さらに月の宮に割く人手も減らせるから一石二鳥だと思ったのかもしれない。

サウロは国王とアルファ達、それからロイの前に呼び出されて、大仰《おおぎょう》な形で月の宮で火と刃物を使う許しを受けた。

『俺も不便だと思っていたのだ。夜にはわざわざ灯《あか》りを持っていかねばならず、湯を使うのにもすぐにとはいかない。誰がどのような経緯で取り決めをしたのか知らぬが、不要な決まりは改めるべきだ。これからは、月の宮で好きなように火と刃物を使えばよい』

長年守られてきた決まりは、あっさりと覆った。

「料理って、こんな風にして作るんですね」

サウロの隣でリオが興味深そうにしている。

サウロがまず行ったのは厨房を調えることだった。生まれて初めて一から調理を、しかもやり方を見たこともないのにしているのは、係を変えて欲しいと嘆願書を出してきた者達だ。

「なにこれ、硬い！」

「わ！　焦げた！」

厨房ではいくつもの悲鳴が湧き起こっている。

「望み通り係を変えましたからね。自分の食事は自分で作りなさい。それ以外は認めません」

サウロの言葉に四苦八苦しながら調理をしている者達がげんなりとした顔になる。

「それとも、長をやってみますか？」

「それは絶対に嫌です！　長はサウロ様で結構です！」

サウロの言葉に彼らは真っ青になって目の前の食材に向き直った。先に執務室に入れて、長の仕事を見せてこれをやるかと聞いてみたら、絶対に嫌だと拒絶されている。物資の管理書類等、大量の数字に眩暈《めまい》がしたらしい。

サウロは彼らを見て微笑んだ。彼らのようにはっきりと物を言える人間は、外に出ても強《したた》かに生きていけるような気がした。

「リオ、付いてきて下さい」

リオを伴って向かったのは月の宮の隅にある広々

とした庭だ。かつては訪れたアルファの目を愉しませるために丁寧に整えていたが、今は庭係の人手が足りないため、一部の庭はかなり荒れている。

「ここに小麦の畑を作ろうと思います」

「畑、ですか？　見た目のよい果樹ではなく？」

もしものときのためにと、観賞にも向いている果樹はいくつか試しに植えさせたが、見込める収穫はほんの僅かだ。

「ええ。月の宮に暮らす人間も以前よりずっと減っていますから、無駄な土地や建物が多い。この辺りの部屋には誰も住んでいないから、アルファ様が来ることもないし、綺麗《きれい》な庭は必要ないでしょう？」

これだけの規模の小麦畑では月の宮の全ての食糧を賄うことはできないだろう。ロイが手を出してくれば途中で放棄することにもなる。それでも、やってみようとサウロは思った。

「それは、そうですけど。サウロ様、突然あれもこれもと、一体、何を考えておいでなのですか？」

戸惑うリオにサウロは笑みを向けた。

「リオ。あなたは私の次の月の宮の長です。あなたにだけは言っておきます」

リオが姿勢を正し、サウロを見詰めてくる。その首に嵌《は》まっている白い首輪が、サウロには眩《まぶ》しかった。自分も、十四歳のあの日を迎えるまでは、こんな風にまっすぐな瞳をしていたのだろうか。

「アルファが全てのオメガを月の宮に閉じ込めて守るこの白国の制度は近いうちに終焉を迎えます」

「え？」

「どのような形になるかはわかりません。けれど多くのオメガが困難に直面することは明らかです。そのとき、自分を助けられるのは自分だけです。その術《すべ》は少しでも多い方がいい」

「それが調理や畑ですか？」

サウロは無言で肯定した。

「……正直、想像できません。今の有様が変わるなんて。でも……」

リオは困惑していたようだが、力強く頷いた。

「少し前、アルファ様に黒国に渡す出来の悪いオメガを選べと命じられて、サウロ様がジジ兄さんを選んだときから、何かが起きそうな予感がしてたんです」

「リオは、あの子と仲がよかったのでしたね」

「はい。ジジ兄さん、確かに年齢の割に発情期が来るのが遅れてたけど、シア様ほどじゃなかったし、血筋もそんなに悪くなかったのに。本人はずっと外に出てみたいなんて言ってた罰《ばち》が当たったんだなんて泣いてたけど」

それだけじゃないですよねと、リオは視線に込めてサウロを見てきた。

オメガを一人黒国に向かわせると聞いて、サウロは変わり者と言われるジジを選んだ。外を見たいと言っていた彼なら、全く環境の違う黒国でやっていけるのではと思った。いつ滅びるともわからない白国から一人でも逃してあげられたらとも思った。

でも、と、今のサウロは思う。あのときの自分は、心の奥底で彼が黒国から帰ってくる日を望んでいたのではないのだろうか。実際に外を見た彼は月の宮に何らかの変化をもたらしてくれるのではという期待があったのではないか。そのとき、サウロは、既に変革を望んでいた。

「ジジは黒国で無事に暮らしているようですよ。好奇心旺盛《おうせい》で、どこにでも何にでも興味を持つから、面倒を見ているシアがひやひやしているとか」

「オリカ様に聞いたんですか?」

サウロは頷いた。発情期のときに、オリカがサウロを慰める合間に語ってくれたことだ。

「ジジ兄さんらしい。……無事で、よかった」

小さく震えたリオの肩をサウロはぽんぽんと叩い

た。リオが驚いた顔をして、少し赤い目でありがとうございますと微笑んだ。

■　■

黒国の国王の執務室。

「現時点で軍を動かすことはできません」

オリカは派遣先の白国から戻ってきてすぐに黒国の国王アサネに謁見を申し出た。オリカが白国に派遣されてから一ヶ月足らず。予定外に早期に帰国してきたオリカの、白国を侵略から守るために軍を派遣して欲しいという訴えに対し、アサネは執務机に着いたまま、ゆるりと頭を振った。

オリカは既に乱れていた茶色の髪を掻いて一層乱し、アサネの執務机に乗り出すようにして訴えなおす。

「お言葉ながら陛下。赤国が白国の侵攻を目論《もくろ》んでいることは間違いありません！　白国が崩壊すれば黒国に難民が流れ込み、我が国としても困難な事態になるからと、陛下は反対派を振り切り、俺を白国に派遣することを決断されました。しかし、白国が赤国に侵略されれば、難民どころではない。赤国は貪欲な国。白国はアルファが存在する黒国に手を出しませんでしたが、赤国に取って代わられれば、我が国も危機にさらされることになります」

オリカは執務机に身を乗り出すようにして訴えたが、ふくよかな容姿で、常には人を安堵させるような柔和な雰囲気を纏っているアサネの表情が今は険しい。

「オリカ。白国でこの黒国の国民が危機に陥っているというならともかく、残念ながらあなたの提示した情報だけでは軍を動かすのには不足です」

アサネに、自分でもわかっているのでしょうとばかりに視線を向けられて、オリカは奥歯をぎりっと鳴らす。

アサネの言うとおりだった。アサネはベータの女性であるが、ことに判断力においてはアルファのそれにも遜色《そんしょく》ない。文官や特別顧問のアルファ達に判断の材料を出させ、ときには議論させ合って、最終的に黒国のためになり得るか否かで是非を判断する。

「あなたの言い分はわかります。ですが、他国間の争いに手を出すということは、我が国が最も忌み嫌うことです。黒国の国民は安寧を好み、戦争を好みません。赤国の本気……白国を滅ぼしたその後、この黒国にまで侵略しようとする確率はどれだけなのか。それを明らかにしない限り、私は黒国の軍を動かしません」

淡々と語るアサネに、オリカは何も反論できなかった。黒国ではアルファ、ベータ、オメガに関係なく、相応しい能力を持つ者が相応しい立場に立つ。

オリカもアサネを王として尊敬している。しかし、今ばかりはその冷静な判断力が恨めしかった。奥歯を食い締めたまま頭を下げ、黒国王の執務室を辞した。

「赤国に送っている諜報員に赤国の兵糧の移動に関する情報をすぐに調べるように連絡を。それから、今日中に赤国のここ数年の戦に関する情報を全部出してくれ。それと……」

オリカは黒国の王城内で外交を担う部署の一室に入り、中で働いていた文官達に次々と命令を出した。ベータである彼らは大量過ぎる命令に右往左往する。

「オリカさん、そんなにいっぺんには無理です。あのサウロさんっていう綺麗な人が心配なのはわかりますけど、落ち着いて。それに寝ていないんでしょう？　少し休んだ方が……」

　黒国と白国の間で伝令の役目を負っていたナギトがオリカを宥めようと声をかけた。

「一刻を争うんだ。悠長にしていられるか！」

　オリカの焦燥感に満ちた言葉に、部屋になんとも言えない雰囲気が漂う。オリカははっとして頭を振る。確かにナギトの言う通りだ。白国を追い出されて一日。船で移動している間も一睡もできなかった。たった一日前まで、抱きしめていた身体がこの腕にいない。

（サウロ。俺の運命……！）

　傍にいると誓ったのに、遠く離れてしまった。時間が経つほどに喪失感が大きくなる。離れてしまった己の不甲斐なさに腹が立つ。

　だが、どうしても黒国に戻る必要があった。赤国が関わってくるとなると、オリカ一人で解決できる問題ではないからだ。アルファの力はベータに命令を聞かせられるが、万能ではない。数千数万の軍隊が相手ではいかなアルファでも一人では勝ち目がない。しかも、ロイという赤国の将軍には間違いなくアルファの力が備わっているとオリカは確信している。

　赤国はベータの国。何故、そんな国にアルファがいるのか。不気味な存在には悪い予感しかしない。それに、アルファに支配されていない赤国にはオメガは不要だ。そんな国に侵略されれば白国のオメガがどんな目に遭うかもわからない。白国のオメガはアルファの保護を失っただけで自国民からすら脅《おびや》かされる立場だ。赤国の侵略はなんとしても止めなければならない。

「すまない。赤国に関する資料はどこだ？　オレが自分で探す」

　ナギト達が無理だというなら自分でやるしかない。休む気になどなれなかった。

だけわかれば十分だ」

イズマの診断を繰り返し、用がないなら帰れと手元の資料に向き直る。

「十分じゃない」

イズマの背後から、ナギト達がオリカを見ていた。彼らがイズマを呼んだのかとオリカは苛立った。

「十分だ。俺は忙しいんだ、帰ってくれ」

「そういうわけにはいかない。お前が帰らないから彼らも帰れないんだぞ？　赤国からの報告待ちなんだろう？　焦っても仕方ないだろう」

「俺の運命がいるのは白国だぞ？　発情期が来たらアルファに抱かれる義務がある。もし、俺が戻る前に発情期が来たら、サウロは俺じゃないアルファに抱かれることになる」

そんなこと許せないと、オリカの瞳が昏い光で塗りつぶされる。

「やっぱり、理由はそれか」

■　■

「オリカ」

「イズマか。なんだ？」

オリカが赤国に関する資料に没頭しているところに声をかけてきたのはイズマというアルファだった。

暗がりから現れたイズマに、夜遅い時間になっていたのだとオリカはやっと気付いた。

「なんだじゃない。あとでもう一度来いって言ったのに、来なかっただろう？　もう二日も経ってるぞ」

医師であるイズマは形良い眉をぐっと寄せた。黒国に戻ったとき、まず最初に彼の診療所に寄って一度診察を受けた。

「俺のアルファの力が落ちていたのは、オメガの発情に誘発されないようにする抗誘発薬の過剰摂取のせいだったんだろう？　しばらくは摂取禁止。それイズマには運命の相手が見付かったと既に手紙で伝えてあった。サウロが彼の番であるシアの異母兄であったからだ。

「当たり前だ！　シアちゃんっていう運命と出会った瞬間から一緒にいられたお前にはわからないだろうな！」

オリカは苛立ちのまま、イズマを詰った。

「……オリカ、来い」

イズマは深い溜息を零し、オリカの腕を摑んだ。

「離せ！　俺には時間が……！」

「来い」

イズマの森を思わせる緑の瞳がオリカを非難していた。

「オリカ。本当は自分でもわかっているだろう？　今のお前は焦りすぎて周りが見えていない。アサネ様だって、お前のアルファとしての強さ以上に、どんな困難でも大勢の味方をつけていつの間にかやり遂げてしまうような力に期待して、白国へ派遣することを決めたんだ。今のお前はアサネ様の期待に応えられているか？　こんな状態で白国や、お前の運命を助けられるのか？」

諭されて、オリカは口ごもった。ナギト達のイズマの言葉に深く同意したような表情が追い討ちをかけてくる。

彼らは追い詰められた様子のオリカを気遣いながら、少しでも手助けになればと不眠不休で手伝ってくれている。体力の有り余ったアルファであるわけでもない彼らに、どれだけの負担を強いてしまっていたのか。

イズマの言葉は正しい。だが、サウロのことを思うといてもたってもいられない。

「反論できないなら、来い。医者としての命令だ」

イズマの秀麗な顔に凄まれて、オリカは応じるしかなかった。

連れて行かれた先は、イズマの診療所ではなく、その隣にあるイズマの家だった。

「オリカさん、いらっしゃい」

迎えてくれたのはイズマの番のシアだった。腕には一歳のルサを抱いている。ルサはすやすやと寝息を立てていた。

「シアちゃん……」

シアは、オリカの運命、サウロの異父弟だ。シアの方が小柄で可愛らしい雰囲気だが、改めて見れば髪色や顔の形など似ているところが多分にある。シアのせいでオリカの頭の中は白国に残してきたサウロのことで一層いっぱいになって、打ちのめされる。

「オリカさん、どうぞ」

シアが先に立って案内する。オリカの後ろからイズマが背中を押してきた。仕方なく付いていった先は居間だった。四人掛けの卓には、湯気を立てた一人分の食事が準備されていた。

「さ、どうぞ」

シアが片手で椅子を引き、イズマがそこにオリカを押し込む。

「イズマ、これは」

「もう一度診察すると言っただろう？　これがお前に必要な治療だ。お前は今、睡眠不足で栄養不足だ。とりあえず食べて一度寝ろ。その方が頭も回って仕事も上手くいくはずだ」

「だから、そんな時間はないって……！」

オリカがイズマに思わず反論すると、シアの腕の中のルサが起きてしまった。

「うみゅ」

「あ……」

「わああん、うえええん」

時すでに遅かった。オリカが取り繕う前にルサが大声で泣き始める。

「ル、ルサ。悪い、ルサに怒ったつもりじゃなかったんだ」

「オリカさん。悪いと思うなら、イズマの言う通りにして下さい」

シアの傍に移動してルサをあやすイズマの代わりに言ってきたのはシアの方だった。

「ご飯、食べて下さい」

シアの黒い瞳には気遣わしげな色が浮かんでいた。悪者になってしまったオリカは仕方なく椅子に座る。温かいスープを少しだけ口にすると、ほっこりと優しい味がした。

「美味いだろう? シアは最近また腕を上げたんだ」

イズマはシアの腕で泣き続けるルサを撫で、なんとか泣き声が収まると、オリカの向かいに座って自慢してくる。

確かに美味かった。だが、オリカはそれを素直に答える気分にはなれない。

「シア様? ルサ様が泣いてたみたいだけど、どうかしたんですか?」

オリカがスープに匙を戻すと、廊下から目を擦りながら少年が出てきた。そばかすの可愛らしい、白国から黒国に寄越されたオメガのジジだ。同郷のシアが世話をすることになって、この家に居候している。

「ちょっとぐずっちゃっただけ。ごめんね、起こしちゃって」

ジジがルサの顔を覗き込み、涙の痕を残しながらもぐっすり眠っている姿を確認して、よかったと頷いた。ルサから顔を上げたジジはオリカに気付いた。

「オリカ様? え? どうして? 白国に行かれたんじゃなかったんですか?」

きょとんとした後に聞いてきた少年の首には未だ

に白国で子供のオメガを意味する白い首輪が嵌っている。

サウロが守ろうとした、白国のオメガ。

「いろいろとな。また折を見て話すよ」

イズマが複雑な表情を浮かべたオリカに代わってジジに話す。ジジは神妙に頷いて、オリカを窺ってきた。

「あの、オリカ様。月の宮はどうでしたか？　変わりはなかったですか？」

「……君は、もう月の宮の住人ではないだろう？」

「そうですけど。でも、友達も兄弟みたいな子も沢山いるし、心配で。……サウロ様がいらっしゃるから、大丈夫だとは思うんですけど」

「サウロが、いるから？　でも、君を黒国に送ることを決めたのはサウロだろう？」

「確かに最初は恨みました。でも、黒国は想像と全然違ったし、面白くて。やっぱりサウロ様の決めたことに間違いはないんだなって思い直しました。選んでもらってよかった。サウロ様がいてくれたら、月の宮は大丈夫なんです」

ジジははっきりとサウロへの感謝を告げた。まるで白国でアルファが盲目的に信じられているように、サウロはオメガ達に全幅の信頼を置かれている。

「そうか……。変わりは、ないよ。一時期、食糧が減っていたらしいけど、元に戻ったと言っていた」

「そうですか。よかった」

ほっとした様子のジジに、シアが声をかける。

「ジジ。申し訳ないんだけど、ルサを寝かせてきてもらえるかな？」

「はい。わかりました」

ジジは寝入っているルサを受け取り、おやすみなさいと言って居間から出ていく。

「オリカさん」

シアがオリカのすぐ傍に立つ。

「本当に、兄上が運命の相手なんですか？」

しっかりと自分を見て聞いてくるシアに、オリカは頷いた。

「間違いない。惹かれて止まないんだ。一目会った瞬間から、やっと見付けたと、そう思えた。知れば知るほど好きになって、可愛くてたまらない」

シアが大きな瞳をぱちぱちと瞬く。このあどけない仕草はサウロにはないものだなとオリカは思った。

「可愛い、ですか？　兄上が」

「ああ。とっても」

「兄上をそんな風に言う人は初めてです。兄上はいつも綺麗で、冷静で、強かった。きっと、可愛い兄上は、オリカさんしか知らないんですね」

淡く微笑んだシアと、サウロとがぼんやりと重なって見えた。オリカはシアを初めて見たときから可愛いと思っていた。それはシアを通して本物の運命を感じていたからなのかもしれない。サウロと出会った今はそう思えた。

「オリカさん。僕から言うのも変ですけど……。どうか、兄上をよろしくお願いします」

「っ、でも、俺はサウロを残して……」

「オリカ」

イズマがオリカを呼んできた。なんだと顔を向けたオリカに、イズマが苦笑を浮かべる。

「白国に入れてある協力者からの報告だ。昨日、月の宮の長が、国王に月の宮での火と刃物の使用許可を願い出て、国王が受諾したらしい」

「火と刃物？」

「赤国の人間も絡んでいるらしいが、願ったのは間違いなく月の宮の長だそうだ。月の宮の中に厨房を作って、調理を始めるそうだ」

「調理？」

オリカが繰り返すと、ぐすんと啜《すす》りあげた声がした。シアが、うっすらと涙を浮かべていた。イズマがシアを横に招き、頬を撫でて目尻から涙をぬぐった。イズマの表情は慈しみに満ちている。

「どうした、シア?」

「月の宮の食事は全部外から運ばれてくるから、温かいものが食べられなくて。僕は、月の宮の外に出て初めて温かい食べ物を知ったんです。いつか、兄上や月の宮の皆にも食べさせてあげたいなって思ってたけど。……兄上は、自分で叶えてしまったんだなって」

兄上はすごいなあと、シアはイズマにふにゃりと笑いかける。

オリカの目の前で、シアの作ってくれたスープが温かい湯気を立ち昇らせていた。

「は、ははっ」

オリカは笑った。

「そうだった。俺の運命は、賢くて、強くて……。自分で自分のことはなんとかするような人だった」

サウロは決して守られるばかりのオメガではない。守られるのではなく、オメガ達を、守ってきた。

「俺がこんなにみっともなく焦っているところを知られたら、嫌われてしまいそうだ。やっと少しだけ信頼してもらえるようになったのに」

サウロの発情期に傍にいるのは、筆舌に尽くしがたいほどに辛かった。抗誘発薬など、運命の相手の発情を前にすれば気休めがいいところだった。まるまると太った餌を目の前にした飢えた獣の気持ちが理解できた。ほんの少しでも気を緩めれば獲物の喉笛を嚙みちぎるようにサウロを犯していただろう。

だが、なんとか耐えた。誰にも抱かれたくないと、きっとオリカにだから告げてくれたのだろうサウロの本心を裏切ることなんてできなかった。そのお陰でサウロはオリカに触れられても逃げなくなった。ずっと傍にいるというオリカの誓いを、受け入れずとも聞いてくれた。

オリカはすうと息を吸い込んで自分の頬をばちんと叩いた。

「シアちゃん、ご飯いただくよ。イズマも心配かけたな」

「本当だ。客間を貸してやるから食べ終わったら寝ていけよ」

「オリカさん、おかわりもありますからね」

オリカは息の合った二人を眩しく見詰めた。自分も早くサウロの傍に戻り、受け入れてもらうためには、しっかりしないといけない。

「赤国とロイの企みを明らかにして、アサネ様には軍を動かしていただく。目標はサウロの次の発情期がくるまで……三ケ月、いや二ケ月でやってみせる」

今度こそ絶対に運命を手に入れて、誰にも渡さないために。オリカは強く自分に誓った。

■ ■

オリカが消えて二ケ月。

季節は夏に近付いていた。動いていると、じっとしているだけでうっすら汗をかくような日もある。

調理係として任命した者達は、やっと食べられるものを作れるようになっていたし、畑も書物の知識をもとに土を耕し始めたところだ。その他にもオメガ達に聞き取りをして、繕い物の係に趣味で刺繍《ししゅう》をしていた者を見付けたので、売れるようなものが作れないかと試作をさせてみたり。とにかく、できることは何でもやってみている。

急激すぎる変化に、何かが起きると感じたらしいオメガ達が不安そうにしてなかなか言うことを聞いてくれないこともあった。そのときに、他でもないサウロ様の頼みじゃないかと言って率先してやってくれたのは、かつてサウロが秘密裏に一部のアルファから逃したオメガ達だった。

日が沈みかけた夕刻にロイに呼び出され、サウロは月の宮の外に出た。月の宮から出るのは久しぶりのことだった。

節約のおかげで月の宮に入る物資は今のところなんとか足りているし、オリカがいなくなった途端、国王からの呼び出しもなくなった。もともと、サウロは月の宮の外に出られると言っても、用事があればという程度で、それほど頻繁だったわけではない。

最後に外に出たのは十日前で、ロイに酒の相手をさせられた。その両腕には赤国から連れてきたらしいベータの女性を二人、侍《はべ》らせていた。ロイは勧めても決して酒を口にしようとしないサウロに呆《あき》れても早々に帰るようにと命じてきた。最初からずっとサウロの存在を疎ましそうにしていた女性達はオメガのくせに媚《こ》びることもできないなんてとサウロを笑っていた。

「お呼び出しとは、何かご用でしょうか？」

「隣に来い」

ロイは何故か酷く苛立っていた。絨毯に足を組んで座り、真っ赤な石の指輪を嵌めた人指し指の爪をガリガリと噛《か》む。サウロは不穏なものを感じながらも従った。

「発情期はまだか？」

眇められた青い瞳がサウロを検分してくる。

「まだです。あとひと月はあります」

サウロは正直に答えた。

もうそんなに経つのかと思った。発情期は三ヶ月に一度。オリカがいなくなって二ヶ月が経過したということだ。

月の宮の内部も変わっているが、外部も随分様変わりをしている。オリカが滞在するほどに城内は明るくなっていたが、今ではオリカが来たときよりも荒《すさ》んだ雰囲気が城中を支配していた。黒国からの輸入品はオリカの采配によりまず兵士達や下働きの者達に配られたが、赤国から渡ってきた貢ぎ物は、アルファの懐《ふところ》だけを潤しているらしい。黒国から突き付けられた条件によって一度は開かれた国庫も再び閉ざされた。

先ほど正門を出たとき、門番たちも酷く疲れた顔をしていた。ただ、以前のようにサウロを蔑むことはもうしなかった。

「まだ心の整理とやらはつかないのか？」

ロイが金杯に満たされた酒をぐいと呷《あお》る。

「はい。もう少し」

じろりと、ロイが目線だけサウロに向けてきた。

「まさかあの男を待ってるんじゃないだろうな」

「どなたのことですか？」

サウロはオリカのことだと直感したが、とぼけた。

「あの黒国のアルファだ」

ロイは杯を放り投げ、サウロを絨毯に引き倒してきた。

「っ」

酒が絨毯に溢れて染みを作っていく。

「ロイ様、私の発情期はまだです」

ロイに覆い被《かぶ》さられた格好のまま、サウロは淡々と答えた。

「ならこれを飲め」

ロイが傍らに置いてあった小箱を手繰《たぐ》り寄せて中身を取り出し、サウロの眼前に翳《かざ》した。小さな塊からは、嗅《か》いだ覚えのある匂いが漂ってきた。

「発情の、促進薬」

「そうだ」

ロイがにやりと笑う。月の宮にも存在する薬だ。月の宮では、発情期の周期が乱れたオメガに処方することがある。

「これを飲めばすぐに発情期になるんだろう？　飲め」

「っ、やめて下さい！　いや、いやだっ！」

この男の前で発情するなんてぞっとした。

サウロは必死に拒んだが、問答無用とばかりに口に押し付けられる。歯を食いしばって拒否する。

「この！」

「ひっ！　ぐ、うっ」

しかし、ロイはサウロの頬を叩き、顎を摑んで口を無理やりこじ開け、中に押し込んでくる。

「ん、んんっ」

「飲め」

「んううっ」

今度は鼻と口を塞《ふさ》がれ、吐き出すこともできずに嚥下《えんか》するしかなかった。

「ごほっ、は、は……っ」

喉元を通った感覚に、サウロは絶望する。だが、顔に出すことはしなかった。

「あと一ヶ月で私の発情期は来るんです。何を、そんなに焦っていらっしゃるのですか？」

ロイに組み敷かれたまま、男を見上げてサウロは問いかけた。ロイの青い瞳に怒りが燃え上がる。

「状況が変わった。赤国は白国から手を引くことになった。黒国が横槍《よこやり》を入れてきやがった」

「黒国……」

どきりとサウロの鼓動が鳴る。

「黒国が、白国の国境に密かに待機させていたうちの軍隊に気付いて、白国を攻めるなら黒国が相手になるって脅してきたらしい」

ロイはぎりぎりと音がするほどに歯噛みする。

黒国は基本的に他国の争いには不干渉を貫いているが、有している国力は白国をも上回る。白国なら勝てると思った赤国も、黒国が表に出てきたら不利になると悟ったのだろう。

「俺は一度国に帰って、国王のケツを引っ叩きなおさねえといけねえ。クソ、あの男の仕業《しわざ》だ。大人しく出ていったと思ったら、こんなことを仕出かしやがった！　黒国を表に引っ張りだしてきやがるなんて！」

ロイは乱暴な言葉で忌々《いまいま》しげに吐き出した。

「オリカ様」

サウロがつい口にしてしまった名前に、ロイが敏感に反応する。サウロの首輪をぐっと摑み上げ、怒りに歪《ゆが》んだ顔でじろりと睨《にら》み付ける。

「お前、まさかあいつと連絡を取って示し合わせてたんじゃねえだろうなッ？」

激しい剣幕で問われて、サウロは頭を横に振った。

「していません。オメガの私に外と連絡の取りようなんてない」

「は、どうだか。まあいい、お前を犯して子供を孕ませておけば、赤国の王が白国を諦めても俺には白国の王の父親になるという手が残される」

「っ」

薬を飲ませられた理由をサウロは知った。

「いや、いやだ。……っ、あっ」

しかし、身体はサウロを裏切った。促進薬のせいで身体の熱が急激に上がってくる。

「う、っ……あ、ああ……っ」

湧いてくる熱に、びくびくと身体が震える。

「なるほど、ちゃんと飲ませればすぐに効くんだな。この前も無理やり全部飲ませておけばよかった」

「この前……？　あ、あのとき……」

この部屋で食事をさせられ、酒を飲まされて気分が悪くなった。オリカに介抱されているうちに予定外の発情期が来てしまった。

「あの発情期、あなたが……」

「そうさ、酒に混ぜておいた。発情したオメガを一度味わっておこうと思ったんだがな。事後にオメガ用の発情の抑制薬を飲ませて何ごともなかったかのように返す予定だった。ベータとヤっちまったってばれれば、お前も罰を受けるから人には言えないだろう？」

「孕ませるためではなく……？」

「あの段階ではそれは早かったからな。楽しむだけの予定だった」

「もし子供ができていたら……？」

「堕胎に決まっているだろう。子供なんていつでも作れる。発情の誘発薬さえあればオメガはいつだって孕ませ放題だ。そうだろう？」

オメガや子供を遊びの道具としか考えていない計画にサウロは今更ながら目の前が真っ暗になった。

「それなのに、まんまとあの男に奪われたがな！思い返せばつくづく目障《めざわ》りな男だ！」

もしあのときオリカが助けに来てくれなかったら、この男に犯されていた。

「ただ孕ますだけじゃ、面白くないな」

ロイは、サウロの首輪に目線を移した。

「発情期の最中に、アルファがオメガの首筋を嚙むと、番《つがい》になる、だったか」

発情期の熱が、一瞬で冷えた。

月の宮では、長だけが知る事実だ。オメガが首輪を嵌めて決して外してはならない理由は、その番に関する行為にあるのだと、サウロも前の長に教えられた。

「そうだ。それもアルファだと証明できる一つの方法だなあ」

ロイはいいことを思い付いたとばかりに目を細めた。

「どういう意味ですか……？」

「アルファの証明だよ」

ロイの瞳が昏く濁っている。

「アルファの証明？　あなたはアルファなのでは？」

「そうだ。だが、本来、アルファはオメガの胎《はら》からしか生まれない。俺がいくらアルファと同じ力を具《そな》えていても、それだけじゃ俺がアルファだって信じない奴らもいるんだよ。俺の祖父みたいにな！」

ロイの瞳に、いつか見たのと同じ激情の色が宿った。

「あなたの、祖父？　白国のアルファ？」

「そうだ。俺が自分のアルファの力に気付いたとき、祖父はまだ生きていた。だが、俺をアルファとも孫とも認めなかった。俺がオメガから生まれていないから！」

ロイの瞳に宿っているのは祖父への……アルファへの憎悪だった。

「お前が俺のものになったと知れば、あの黒国のアルファはさぞかし悔しがるだろうな」

「それは、駄目っ！」

サウロは悲鳴を上げてロイから逃れようとした。這《は》いつくばって逃げようとしたところを、ロイが背中に膝を乗り上げて絨毯の上に固定する。

「ぐうっ」

ロイは腰に提《さ》げていた短刀を抜き取り、サウロの首に宛てがってきた。

「動くなよ？　手元が狂ったら死ぬぞ」

愉悦の灯《とも》った瞳でロイが見下ろしてくる。短刀の切っ先が、革の首輪を留めている紐《ひも》の結び目をぶつりと切った。

「いやだ……」

「動くなって言ってるだろうが！」

逃げようとしたサウロの首を上からぐっと押さえ、ロイは次々と紐を切っていく。一つ、二つ、三つ……。簡単には取れないようにと、しっかり固定されている首輪がとうとう真っ二つになる。

「はは、細い首だな。簡単に折れそうだ」

首輪を外されて晒《さら》された真っ白な項《うなじ》に、ロイは舌なめずりをした。唇の合間から尖《とが》った犬歯が覗《のぞ》く。

「さあ、観念しろよ。っ、これが発情したオメガか。はあっ、抗誘発薬で効かなくしてあるはずなのにすごい匂いだ」

「っ」

ロイの飢えた獣のような顔が近付いてきて、サウロはたまたま指に当たったものを思いっきりロイに投げ付けた。

「つ、ぎいっ！」

投げたのは先ほど転がった金杯だった。中に残っていた強い酒がロイの目に命中した。その隙《すき》を狙って、サウロはロイから逃れた。

「この野郎！」

ロイが部屋に置いてあった長剣を手にし、怒鳴って追いかけてくる。サウロは必死で走ったが、発情期に入ってしまった身体は熱が上がり続けている。まっすぐに走ることも難しく、速度がだんだんと落ちてくる。

「そっちはアルファが大勢いるぞ？　いいのか？」

ロイが笑いながら後ろから声をかけてきた。簡単に追い付けるのに、獲物をいたぶるようにわざと遊んでいるのだ。

「はっ、はっ、はっ」

呼吸を乱し、時折壁にぶつかりながら、それでもサウロは逃げた。

捕まったら終わりだ。犯されて、孕まされて、番にされる。オリカではなく、あの男に。

嫌だ嫌だとサウロは心の中で繰り返す。

あの男は、嫌だ。あの男だけじゃない。オリカ以外は、嫌だ。心の底から、そんな気持ちが湧いてくる。

「オリカ、様……っ、オリカ、オリカ……」

身を守るまじないのようにオリカの名前を口にする。

足が縺《もつ》れてよろけた身体がどんっと誰かの身体にぶつかった。

「月の宮の長?」

「たすけ……っ」

サウロは思わず助けてと口にしそうになって、相手が若いアルファであることに気付いた。呼吸が荒く、瞳がぎらぎらとしている。

まずいと思った。

「触るな！　それは俺のオメガだ！」

だが、伸びてきた手はぴたりと止まった。ロイが怒りに満ちた様子で近付いてきていた。

「っ」

サウロは若いアルファを突き飛ばして逃げた。

「能無しのアルファども、触るなよ、それは俺のものだ、俺のオメガだ！」

ロイは怒鳴り散らしながらサウロを追いかけてくる。アルファ達が幾人か現れたが、ロイに命じられると固まったように動かなくなった。

ロイの様子は異常だった。アルファであることを秘密にしていたはずなのに、これでは隠すことなんて不可能だ。抗誘発薬を飲んでいると言っていたのに、異常なまでに発情を誘発されている。

「オリカ、オリカ……」

助けてくれる者などいない。それでもサウロはその名前を呟きながら必死に走る。ロイが他のアルファを牽制《けんせい》しながら追ってきているせいで、距離がなかなか縮まらないことが不幸中の幸いだった。

「月の宮っ」

サウロの目に月の宮の正門が飛び込んできた。

「門を開けて！」

「月の宮の長？」

外門を守る門番達がサウロの様子に驚いたが、すぐに門を開けてくれる。サウロが中に飛び込むと、門番達は異変を察したのかすぐに門を閉じてくれた。

「開けろ！」

門を一枚隔てた向こうでロイの声がした。

「だ、駄目です。ここは長殿の他は、アルファ様しか出入りできない決まりです」

サウロが壁を伝いながら内門に向かっていると、門番が震える声でロイを拒んだ。

「俺はアルファだ。わかるだろう？　ほら、後ろで他のアルファも俺の命令を聞いて動けないでいる。わかったらさっさと開けろ！」

ロイはもう隠す気もなくなったらしい。

「っ、それでも、駄目です」

「なんだと？　ベータのくせに、俺の命令が聞けないのか？」

「何かあったら、長殿を守って欲しいと、オリカ様に頼まれている！」

「ッ」

聞こえてきた名前に、通路の中でサウロの身体が震えた。

「他のアルファ様に長殿が危険に晒されたら、自分の言葉を思い出せと命じていってくれた！　思い出せばアルファ様にも対抗できるって！」

オリカは、いなくなってなお、他のアルファからサウロを守れるように彼らに手段を与えてくれていたのだ。門番達はオリカの命令とロイの命令との間で揺れて、それでもオリカを取ろうとしていた。

「オリカ、だと！　またあの男か！」

ロイが激昂《げっこう》した。

「お、俺達は、オリカ様との約束を守る！　ぎゃあっ」

門番の悲鳴が聞こえた。サウロははっとして一瞬足を止めたが、自分を叱咤《しった》して内門に進む。

サウロを守ってくれた彼らに申し訳なく、罪悪感に苛《さいな》まれたが、今サウロが捕まれば、被害はサウロだけのものではなくなる。

ロイの振る舞いを見ていればわかる。ロイは暴君だ。白国を我が物にしたロイは、自身のアルファの力も存分に利用して、悪政を布《し》くだろう。有益な者だけを囲い込み、それ以外の者は虐げられる。

「サウロ様、一体何が？」

内門が開いて、内門の見張り番のエマが顔を覗かせた。あそこまで行って、門を閉めて、閂《かんぬき》をかければ、助かる。サウロは必死で進んだ。しかし、背後で外門が開く音がして、ほとんど数秒の後にサウロのひらひらとした服が背後に引っ張られる。

「閉めなさい！」

捕まったと覚った直後、サウロは命じていた。

「サウロ様？」

「すぐに閉めて、閂をかけて、遠くに行きなさい！ ここに近付いてはなりません。早く！」

ロイを月の宮に入れてはいけない。今のあの男が、オメガ達に酷い振る舞いをするのは目に見えていた。それに、大勢のオメガがあの男の子供を孕めばロイの独裁国家をより盤石《ばんじゃく》にしてしまう。

「手間をかけさせやがって」

狭い通路で、ロイがサウロを壁に突き飛ばすようにして押し付けてくる。圧迫された肺が痛みを訴えた。内門では、オメガ達が戸惑っている。

「閉めなさい！」

サウロの再びの命令に、エマは慌てたように内門を閉ざした。サウロはほっと胸を撫で下ろす。

「はは、こんなときに他人の心配か」

ロイは凶暴な色に染まった青い瞳でサウロを見下ろしてきた。

「はっ、あの抗誘発薬、ちっとも効きゃあしねえじゃねえか。頭が沸騰してやがる。あの薬とお前の匂いのせいで全部台無しだ！ 俺がアルファだってそこら中にばれちまったじゃねえか！ ここまでの騒ぎになったらどこかから本国に知られるのも時間の問題だ。クソッ、クソッ、もう赤国には帰れねえ」

ロイはぎりぎりと犬歯を剝《む》いてサウロを怒鳴りつけた。

「この礼はさせてもらうぞ？　お前を犯した後は、お前の大事なオメガどもを犯しまくって孕ませまくってやる。生まれた俺の子供を使って、白国や赤国だけじゃなく、世界中を俺のものにしてやる！」

ロイは滅茶苦茶なことを言い出した。二重に練っていた計画が破綻して、自暴自棄になっているのだろう。

「そんなこと、許しません」

サウロは黒瞳で睨み上げた。身体は熱い。けれど、頭は冷えていた。

「許す許さないの決定権を持っているのは俺だ！」

どんっとサウロの身体が壁に押し付けられる。

「しかし、オメガの匂いを嗅ぐたびにこれじゃあ、面倒だな。さっさと番にしてやるよ。そうしたら、お前以外のオメガなら、発情していても理性を失わずに済むんだろう？」

「いやだ！」

サウロは両手で自分の首筋を覆った。

「首を出せ」

ロイがサウロの手をどけようとしてくる。しかし、サウロは屈しなかった。自分のどこにこんな力があったのかと思えるくらいだった。

「この！」

焦《じ》れたロイが首を守るサウロの手ごと項に嚙み付いてくる。

「いっ……！」

手の骨が折れるかと思うくらいに強い力で嚙みつかれる。皮膚《ひふ》が裂けて血が出た感触があったが、それでもサウロは手をどかさなかった。ずきずきとする痛みが、逆にサウロの頭を冷静にしてくれた。

「手を外せ」

ロイが苛立ちきった顔でサウロに命じてくる。サウロは笑った。

「あなたは本当に愚かな人ですね」

「俺が愚かだと?」

「アルファとオメガが自由に求め合える黒国でもなく、アルファとオメガが隣り合って暮らす白国でもなく、オメガと決して出会えない赤国に生まれたあなたは不幸で愚かな人だ」

「なんだと!」

「っ」

サウロの言葉にロイがサウロの頬を張ってきた。サウロは避《よ》けなかった。脳みそが揺れてくらくらとしたが、首を守ったまま、男を睨み付けた。

「オリカは、アルファにとってオメガは、求めて止まない存在だと言いました。あなたは、近くに一人もオメガがいなくて、この年になるまで、自分が本当に欲しいものが何かすら理解できていなかったんですね」

サウロは微笑した。

「ずっと満たされていなかったあなたのアルファの本能が、私の発情に支配されて、薬も効かないくらいにオメガを求めて暴走しているんです。そうなればアルファなんてただの獣ですね」

オリカは発情するサウロに付き添って耐え切った。オリカも薬の効きが悪そうだったが、オリカはアルファにとってのオメガの大切さを知っていたから我慢してくれた。

だが、オメガがどんなものか知らなかったロイは、本能に抗《あらが》えるほどの理由を持っていない。

「黙れ! 黙れ!」

もう一度、ロイの手がサウロの頬を叩いた。唇が切れて口の中に血の味が滲んだ。

「オメガはアルファの所有物だ。俺に逆らうな!」

「それは違う。オメガはアルファの生きる意味だ」

拳の形で振り上げられたロイの手がその場でぴたりと止まって、低い声が降ってきた。

「オリ、カ……」

ロイの背後に現れた姿に、サウロは声を詰まらせた。

「貴様、どうしてここに！」

サウロの言葉に自分の手を摑んでいる人間の正体を知ったロイが唾を飛ばしながら叫ぶ。

「もちろん、正式な手続きを経て。白国王に赤国の軍隊の存在と思惑を伝えたら泣いて戻ってきてくれって……」

言葉の途中で、オリカの目が、サウロの赤くなった頬と首筋を覆う血の滲む手を映した。瞬間、オリカの、いつも優しい明るい瞳に、凶悪な光が宿った。

「よくも、サウロにこんな真似を！」

「くそ、離せ！」

オリカがロイの身体をサウロから引き剝《は》がし、狭い通路から外門の外にまで引きずり出す。

「離せ！」

広い場所に出た瞬間、ロイは腰の剣を抜いてオリカに襲いかかった。オリカはそれをあっさりと避けた。二人のアルファは、互いから目を離さずに対峙《たいじ》する。

ロイが剣を構え、地面を蹴《け》る。オリカがそれをぎりぎりで避けてロイの腕を摑む。ロイは身体を捻《ひね》ってオリカから逃れる。

「はっ、は……。オリカ……」

サウロは壁に手をつきながら、なんとか外門まで歩いた。

黒国では兵士として過ごしていたというオリカと、実力でのし上がり赤国の軍を掌握するほどになったというロイとの戦いは、荒事を目にしたことのないサウロから見ても、凄《すさ》まじいものだということがよくわかった。

見通しの悪い宵闇の中で、二人の動きは目で追うのがやっとだった。

ロイの動きは俊敏で、僅かな間にオリカを何度も攻撃する。しかし、武器のない分不利なはずのオリカはそれをことごとく防いだ。足の運びで軽く避けたり、そのまま背後に回ったり、ロイの向かってくる勢いを利用して顔に拳を見舞ったりする。

サウロの近くで、地面に倒れていた門番達も惚《ほう》けたように二人の戦いを見上げていた。

「あ、オ、オリカ様、これを！」

門番の一人がはっと気が付いて、自分の剣をオリカに投げた。オリカはロイから目を離さないまま、剣を摑んだ。

オリカは無駄のない動作で剣を鞘《さや》から抜き、ロイの剣を受けた。合わさった剣からギインと硬質な音が響き、火花が散る。

それからはオリカの独壇場だった。

ロイは渾身《こんしん》の力で斬りつけたようだったが、オリカはびくともせず、ロイを剣ごと跳ね除《の》けた。

「クソッ！」

ロイがすぐに取って返し、オリカに斬りつける。オリカは余裕のある様子で全てを受け止めた。条件が互角になって、実力の差が如実に現れた。

ロイは何度もオリカに向かううちに、呼吸を荒くしていく。オリカの呼吸は少しも乱れていない。

「はっ、俺は！　赤国の将軍だぞ！」

ロイが叫びながらオリカに打ち付ける。オリカはその一撃を受けて、刃先をそのまま滑らせ、搦《から》め捕《と》るようにロイの剣を打ち飛ばした。

ロイの手から剣が落ちる。

その隙を見逃さず、オリカの剣がロイの肩を切った。

「ぎゃああ！」

ロイが悲鳴を上げて跳び退《の》く。

「この野郎！」

自棄《やけ》になったのか素手《すで》でオリカに向かったロイを、オリカは剣の柄で叩き伏せ、蹴り飛ばした。ロイは地面に無様に転がる。

「終わりだ。諦めろ」

オリカが悠々とした足取りでロイに向かう。

「っ、オリカ、危ない！」

その瞬間、ロイの手元に光るものを見て、サウロは叫んでいた。

「食らえ！」

ロイがオリカに懐に隠し持っていた短刀を投げ付ける。

「こんなもの」

オリカは簡単に短刀を避けた。しかし、ロイの狙いはオリカではなかった。ロイはオリカの隙を狙い、外門に身体を寄せていたサウロのもとまで一気に駆け寄ってきた。

「っ」

眼前に現れたロイにサウロが驚く。にいっとロイの唇が撓《たわ》められ、直後にサウロの身体がひっくり返された。ロイの腕がサウロの首を背後から締め付ける。

「もう赤国には戻れない以上、白国を力で俺のものにするしかねえ。白国のアルファは国王ですら俺に勝てないからな。遊んでないでさっさとそうしておきゃよかった」

ロイはオリカに向かって牙《きば》を剝くように威嚇《いかく》する。

「だが、まずは俺に怪我《けが》をさせたお前に礼をするのが先決だ。お前のお気に入りを俺のものにしてやる」

はあはあと荒い呼吸がサウロの首筋にかかる。しまったと、サウロは思った。せっかく、守りきったはずのそこを、自分からロイの目の前に晒してしまったのだ。

「やめて！　ぐうっ」

「黙れ！」

サウロの悲鳴をロイは首を締めて封じた。

「サウロ！」

「貴様は動くな！　こいつが俺の番になるところをよく見ておけ」

オリカに命じたロイが大きく口を開く。剝き出しになった犬歯がサウロの急所を狙う。

「やめろ」

だが、オリカのたった一言で、ロイの動きはぴたりと止まった。

「な、う、な、な、あ……」

サウロの背後でロイが呻《うめ》き声を上げる。

「サウロを離せ」

二人の目の前で、オリカが静かに命じた。宵闇の中で、僅かに、その身体が輝いているようにも見える。

光り輝く者。アルファの始祖の異名だ。今でも強いアルファには、その異名のとおりに力とともに光を発する者がいる。オリカにもそれほどの力が秘められていたのだ。

「あ、う、う……っ」

ロイは抗おうとしたが、オリカの言葉には逆らえなかった。サウロの首を締めていた腕が外れる。

「地面に伏せろ」

オリカの命令にロイは怒りに震えながら従わされた。

サウロは腰が抜けて、その場に倒れかけた。それを、いつの間にか目の前に来ていたオリカが抱き留める。オリカの匂いに包まれる。

「大丈夫か？」

「オリカ……」

答えの代わりに名前を呼ぶと、オリカが二ヶ月前と一つも変わらない優しい顔で微笑み返してくれる。

「ごめん、遅くなった。赤国の狙いを明らかにするのと、黒国王を説得するのに少し時間がかかっちゃってね」

オリカは簡単に言うが、他国の争いに不干渉を貫いてきた黒国を動かしたのだ。生半可なことではなかっただろう。

「っ、本当です。もう少しであの男に番にされるところでした」

サウロの精一杯の強がりの非難に、オリカは、ごめん、でも間に合ってよかったと、泣きそうな顔になる。

「何故だ、お前は、俺よりも、弱いはず！」

ロイが地面で悶絶《もんぜつ》しながら聞いてくる。オリカはサウロを抱き寄せてロイに告げた。

「確かにお前は、白国のアルファよりも強いようだが、俺よりは弱かったというだけのことだ」

オリカの端的な言葉に、だが、とロイは唸《うな》り声を上げた。オリカは冷めた目でロイを見下ろす。

「俺がここを去ったときのことか？　あれは俺が発情期のサウロに酷いことをしないように抗誘発薬を過剰摂取した副作用で、アルファとしての能力が著しく低下していただけだ。今は薬が抜けたから、本来の力を発揮できる。それが真実だ」

「そんな……。俺よりお前の方が強いなんて」

ロイは絶望し力を失ったように地面につっ伏した。

「そこのアルファ達、来い！」

オリカは遠巻きにしていた白国のアルファを呼びつけた。半ば命令のそれに、アルファ達がわらわらと近寄ってくる。騒ぎを聞きつけてやってきた者もいれば、月の宮に入ろうとやってきた者もいるようだ。中には国王まで混ざっていた。

「今ので誰がお前達の敵かわかったな？　白国のアルファならそれくらいの頭はあるな？」

オリカは厳しい口調で問いかけた。アルファ達はからくり人形のようにこくこくと頷く。

「この男を捕えて、猿轡《さるぐつわ》を嚙ませておけ。赤国に送り返してやる」

アルファ達は慌ててロイを捕縛しようと動く。

「触るな！」

ロイが叫ぶと、アルファ達はびくりと止まる。

「俺はアルファだ！　お前達とは違う選ばれたアルファだ！」

ロイは自身がアルファであることに固執していた。

自身が王となるよりもアルファの父親になることにこだわっていたのも、そのためだったのだろう。

「黙れ、大人しくしていろ」

オリカが一つ命じるとロイは悔しげに歯を剝き出してぐるぐると唸り、身体を固くした。アルファ達がその様子を驚いたように見ている。オリカが自分達では敵《かな》わないロイをさらに上回る強力なアルファであると実感させられたのだろう。

ロイの自由が完全に奪われて、オリカはアルファ達に告げた。

「いいか。お前達は、この国の危機に誰も気付かなかった。この男はお前達を騙《だま》して白国を乗っ取ろうとしていた。俺が気付かなければ今頃、この国は赤国の軍隊に蹂躙《じゅうりん》されていただろう。この男の力はアルファとしてはお前達より上だ。白国のアルファは役立たずのままこの国を終わらせていただろうな」

アルファ達の顔が真っ青になる。

「もしこの男に月の宮への侵入を許してしまった場合も同じだ。月の宮のオメガがこの男に犯されてアルファを孕めば、この男とその子供が白国を支配するようになっただろう。お前達はお払い箱にされていただろうなあ」

アルファ達の顔はもっと青ざめた。お払い箱は殺されると同義ということを理解できたのだ。

「お前達は、月の宮の長……オメガによって救われたんだ。彼が自分を守り、月の宮を守ったから、白国は無事で済んだ。お前達アルファは支配していたはずのオメガに守られたんだ。アルファだけじゃない、ベータもそうだ。そのことを忘れるな」

オリカはアルファだけではなく、集まってきていたベータ達にも語りかけた。

「それからよく覚えておけ。これが、オメガを得られなかったアルファだ」

オリカの視線がロイを見下ろす。慎重に白国に入り込み、全てを手にしていたかもしれない。だが、オメガの発情で狂い、彼の計画は水泡に帰してしまった。どんなに力の強いアルファでも、オメガの発情の前では無力に等しい。アルファはオメガには勝てない。アルファ達は恐ろしいものを見るような顔でロイを見る。

「俺達アルファはオメガによって生かされている。生まれてから、死ぬまで、オメガの存在がないと生きていけない」

オリカの言葉に、サウロはふと、前国王の棺を閉ざしたときのことを思い出した。

アルファはオメガから生まれ、オメガによって黄泉《よみ》の旅路へ送り出される。あれは、オメガから離れられないというアルファの宿命を示しているのだろうか。

オリカはロイをどこかに閉じ込めておくようにアルファ達に命じて、自身はサウロを促して月の宮に伴う。

「オリカ?」

「怪我の手当てをしないと。それから、発情期のサウロを他のアルファの目にこれ以上晒したくない」

オリカは辛そうにしている。サウロの発情に誘発されそうになっているのを必死でこらえているようだった。オリカの表情から、サウロは自身の身体の状態を思い出す。

「あ……っ」

途端に、急激に熱が上がった。オリカの存在を感じると、腰から力が抜けて、立っているのもやっとになる。

「大丈夫か?」

サウロはオリカにしがみ付いた。そうするとオリカの爽やかな匂いを思い切り吸い込んでしまい、もっと身体が熱くなる。抗誘発薬を飲んでいないと言っていた。だからか、オリカの匂いは以前よりもずっと濃かった。

「頑張って」

オリカはサウロの背中を押して外門と内門の間に滑り込む。

内門は開いていた。その内側で、リオがエマと一緒に心配そうに外を見ていた。その少し後ろには大勢のオメガ達が角灯を手に不安げに立ち尽くしている。足には靴も履いていない。中には包丁や鋏《はさみ》を手にしている者もいた。リオも鍬《くわ》を構えている。

そんなもので、ロイと戦おうとしたというのか。

「近付いてはならないと言ったのに」

「申し訳ありません。サウロ様が心配で」

リオはぐすぐすと鼻を啜《すす》った。その隣でエマが頷いてリオに同意する。

「そうです。サウロ様がいなくなったら私達はどうすればいいんですか」

「ご無事でよかった」

背後のオメガ達もリオと同じように涙声で次々と口にしてくる。

正門の外門も内門も開いている。月の宮が、外の世界と通じていた。おそらく、月の宮ができてから初めてのことだ。僅かな道だけれど、確実に外と繋がっている。月の宮に、新しい空気が吹き込んできたような錯覚に陥った。

サウロは、どうしてか泣きそうになった。こらえようと思ってオリカの手を握る。

「どうした?」

オリカの問いかけに、サウロは頭を振った。今の自分の気持ちを表現する言葉が見当たらなかった。

オリカは少し間を置いた後に、わかったとでも言いた気に微笑んで、サウロの手を握り返した。温かくて大きな手だった。

けれど、オリカはサウロの手を解《ほど》き、背中を押してきた。

「ごめん、あとは自分で部屋まで戻って。リオ君もいるし、なんとかなるよね？」

「あなたは？」

サウロはつい、縋《すが》るような瞳をオリカに向けていた。オリカが苦笑する。

「サウロの発情に当てられてもう限界なんだ。これ以上いると、何をしでかすかわからない」

「薬、は……？」

「それが情けないことに前回飲みすぎて。後遺症が残るような影響が出るかもしれないから、当分は絶対に飲むなって黒国で医者に釘《くぎ》を刺されてさ」

だからここまでと情けないことを言うオリカに、サウロはぎゅっと唇を噛んだ。

「発情期に私を、一人にする気ですか？」

「え？」

「私に、あんなことをしたくせに」

「あんなことって、あれは……」

オリカが焦る。実際にオリカがやったのはサウロを指や口付けで慰めたことだけだ。

「お、俺は、酷いことはしていないはずだ！」

焦るオリカにサウロは笑った。発情期の熱よりも、愉快さが勝った。

オリカの首筋に腕を回し、爪先立ちして、厚みのある唇に自分のそれを押し付けた。

柔らかくて、ふわふわとしていて、身体中が多幸感で満ちてくる。

「サ、サウロっ？」

オリカはもっと焦った顔になった。サウロには、それがとても好ましく思えてしまう。胸が温かいもので一杯になって、込み上げてくるものがあった。

「あなたじゃなきゃ嫌です。……あなたに、抱かれたい。あなたが欲しい」

何かが欲しい。その気持ちが初めてサウロには理解できたような気がする。

込み上げてきた気持ちを言葉にした途端、サウロの黒瞳からぼろりと熱い雫《しずく》が零《こぼ》れ落ちた。

「っ！」

直後、サウロの身体は地面から浮き上がっていた。オリカがサウロを横抱きにして、月の宮の内門に入る。呆気《あっけ》に取られるオメガ達の間を縫って、オリカは靴を脱ぐことすらせずに、猛然と月の宮を突っ切った。

行き着いた先は、サウロの部屋だった。オリカはサウロを寝台に放り出した。すぐ脇にオリカのマントを畳んで置いてある。サウロはとても恥ずかしい気持ちになった。

オリカは自分のマントには気付かずに、すぐにサウロに覆い被さってくる。明るい茶色の瞳には、隠しようもない情欲が宿っていた。

オリカの爽やかな匂いが先ほどよりもさらに濃く、甘くなっていた。嗅いだだけでサウロの下腹がずくずくと疼きだし、雄が痛いくらいに張り詰めていくのがわかった。

欲しくてたまらなかった。

「いいんだな？」

そんな状態で今更の確認をされて、サウロは笑うしかなかった。

「いいも何も、我慢できないんでしょう？」

もう立ち上がることもできそうにない。自分のことは棚に上げて軽口で応じると、オリカは少し怒ったような顔になった。

「この！」

「んっ」

叱る言葉とともにサウロの唇がオリカの唇で封じられる。

「ん、ふ……っ」

身体中の血液が沸騰したかのように身体の隅々まで震えが走った。

欲しい、欲しいと、全身が訴える。

すぐに舌が絡み合い、唾液が口の中に溢れてくる。オリカのそれも与えられて、舌がとろけるような甘さを感じた。

「甘い……」

口付けの合間にサウロがうっとりと漏《も》らすと、オリカがごくりと喉を鳴らす。

「口付けってね、愛し合うほどに甘くなるんだって」

「愛……？」

恋や嫉妬とともに、ベータの中だけで存在するはずの言葉が、サウロの心に染み渡った。

「愛してる」

吐息が触れ合う距離でオリカが囁く。サウロはまた一筋、涙を流していた。その言葉は、オリカに対してサウロが抱く気持ちにしっくりと馴染《なじ》む気がする。

「噛んで」

愛していると返す代わりに、サウロはオリカの手を自分の首に導いた。ロイによって首輪が外されて、白い肌が白日のもとに晒されている。

「あなたと、番になりたい」

「……いいの、か……？」

情欲に浮かされながらもオリカが確認をしてくる。声が掠れて震えていた。

「あなたにしか、抱かれたくないから。だから、噛んで下さい。大丈夫、首輪をしたらばれません。それに、これから私の発情期には、いつでもあなたがいてくれるんでしょう？」

月の宮の長としては失格だ。知られたらどんな罰を受けるかわからない。けれど、どうしてもそうしたかった。自分の全てをオリカにあげたかったし、オリカを誰にも渡したくなかった。

「サウロ」

感動した声で名前が呼ばれて、再び口付けられる。先刻よりももっとずっと甘かった。はあはあと息を弾ませながらオリカはサウロの帯を解く。オメガの服は簡単に脱がされてしまう。すぐにまっさらな身体がオリカの眼前に晒された。

「こんな綺麗な身体に、なんて酷いことを」

オリカがサウロの傷ついた手の甲に唇で触れてくる。思ったより酷いことにはなっていなかったが、血が滲むそこや、赤くなってるだろう頬を癒《いや》すように舐められると、サウロの下肢がじんと痺《しび》れて、奥底から快楽の素が流れ出してきた。

「オリカ、オリカ、お願い……」

「お願い？　どうしたらいい？」

サウロのお願いという言葉にオリカが敏感に反応して、期待に満ちた目で促してくる。なんでも聞くから早く、と、急《せ》かされている気がした。

「あなたも、脱いで」

自分だけが裸であることが悲しいのだとサウロが訴えると、オリカは困った顔になった後に、すぐに望みを叶えてくれた。

初めて見るオリカの裸身は見事だった。浅黒い肌は発達した筋肉に覆われ、腹はくっきりと割れている。そして、下肢にそそり立つもの。

「っ、大きい……」

ごくりと、サウロは喉を鳴らした。自分のものとはまるで違う。大きさだけではなく、傘の発達した雄々《おお》しい形も、濃い色も。その、見たこともないものが、欲しくてたまらなかった。

「サウロは、ここもすごく綺麗だ。形も、色も」

オリカの手がサウロの雄に優しく触れてくる。

「あ、ああっ」

それだけで脳天から爪先にまでびりびりとした快楽が響き渡った。サウロは後手に敷布を掴んで必死に快楽を受け止める。

「オメガでも男だもんな。やっぱり、これ使いたいと思ったりするの？」

ぬくぬくと幹を扱《しご》かれてサウロの思考は痺れていく。

「し、しません」

考えたこともなかった。それ以上に、誰かとこうして肌を合わせるという願望が、これまでのサウロにはなかったから。だが、オメガの男性と女性との間でそういう間違いが起きないようにと、月の宮では一応、男性と女性の暮らす区画は別になっている。

「よかった。俺、突っ込まれるのちょっと無理かなって」

「ん、は……っ、な、なんで、相手があなたなんですか？」

「だって、俺はサウロのこと、誰にも触らせるつもりはないから。アルファにも、女の子にだって」

「……随分と、余裕がありますね？」

自分は快楽に溶けて、会話もままならないくらいになっているのに。

「はは。なんか、受け入れてもらえるって思ったら、逆に余裕ができてきた。でも、これ以上ないくらいに興奮はしてる」

ほらと、敷布を掴んでいた手が、オリカのものに導かれた。見た目から想像したのよりももっと硬くて、熱くて、びくびくと脈打っていた。サウロが触れた途端に先端からびゅくりと透明な汁が溢れる。その光景を目にしてまたサウロの下腹がじんと疼く。

「っ、それ以上は本当に我慢できなくなるから駄目」

ひくひくとしながら雫を零す小さい口に、無意識に触れようとしたサウロの手が敷布の上に縫い付けられる。じっとサウロの顔を見下ろしたオリカがサウロの首に顔を近付けてきて口付ける。

「あ……っ」

首筋に、下肢と同じような熱い塊が生まれる。そこが心臓と直結してどくんどくんと脈打っているかのような錯覚に陥る。

嚙まれる。そう思ったサウロに、オリカは顔を離してにやりと笑ってみせた。

「それはまだ。身体が結ばれながらじゃないと、意味がない」

ちゅっ、ちゅと喉元から鎖骨にかけて口付けたり舐めたりしながらオリカは言う。

「結ばれる……？」

「そう。結ばれるんだ」

オリカの唇が鎖骨を辿り、サウロの胸の頂《いただき》に辿り着く。何もしていないのに、つんと勃《た》ち上がった淡い色のそこを厚い唇で食《は》まれた。

「あ、ああ、それ、あ、いや……っ」

「いや？　気持ちいい、だろ？」

べろりと舐め上げられる。ざわっと全身の肌が粟《あわ》立《だ》った。

そうだ、気持ちいいと言えばもっと気持ちよくしてもらえる。

前回の発情期のときに散々教え込まれたことをサウロは思い出した。

「い、いい……。あっ、いい、ああ、あっ……！」

オリカがサウロの乳首を痛いくらいに吸ってくる。もう片方は節《ふし》くれだった男らしい指に挟まれて摘《つま》み上げられた。痛みと快楽の境界ぎりぎりの強さで両方を弄《いじ》られて、サウロは軽く気をやってしまった。

「あ、は、はっ、はっ、オリカ……」

オリカの手を必死で摑み、訴えると、オリカはサウロの手を指を絡めるように繫ぎ直し、胸から顔を離してくれた。その表情は切羽詰まっていた。指が解けていったが、サウロの力の入らない手は敷布に落ちたままだ。

「こっち、もう入れたい」

「あ……っ」

男を求めている場所に、ずくっとオリカの指が入ってくる。浅い場所の、感じる部分をぐりっと押して、もっと奥に入ろうとしてくる。

「あ、あ、そこ、好き。あなたの指、きもち、いい……っ。もっとして……」

濡《ぬ》れて柔らかくなっていたそこにすぐに二本目、三本目の指が入ってくる。中をかき混ぜられ、広げられる。

「すごく、美味《おい》しそうだ」

オリカが突然そんなことを言って太ももを持ち上げ、指を入れている場所に顔を寄せてきた。

「ひああっ」

サウロは甘い悲鳴を上げた。指が入っている場所の入り口に、湿った温かい感触が触れてきたからだ。

オリカの舌が、そこを舐めている。

「あ、だめ、そんなの、汚い……、ああ……っ」

駄目だと思うのに気持ちよくてたまらない。舌でぞろりと襞《ひだ》を舐められ、指で開いた場所から中に侵入されて中をくすぐられると息も絶え絶えになる。

「ん、あん、あっ、あ、オリカ……っ」

気持ちいい、だけど……、もうそれでは満足できない。

「も、あなたが欲しい……っ」

サウロは訴えた。

指や舌なんかではなく、もっと強く、もっとはっきりとしたものが欲しい。さっき見て触れた、あれが欲しい。

望みは、間を置くことなく叶えられた。オリカがぴたりと止まってゆっくりサウロのそこから顔を離した後に、三本の指をずるりと抜く。抜かれる感覚に、サウロはまた軽く気をやってしまった。

「あ……っ」

びくびくと震えているうちに、サウロの両脚がオリカの発達した肩に抱え上げられた。濡れそぼって雄を待ち侘《わ》びる秘所がオリカの明るい茶色の目に晒された。

「あ、こんな、格好……」

恥ずかしいとサウロの僅かな理性が訴える。しかし、その羞恥《しゅうち》すら昂《たかぶ》りの素になった。

サウロの、痛いくらいに勃起《ぼっき》している雄の向こうで、オリカがごくりと喉を鳴らす。

「サウロ、これ、見える？」

サウロは、そこに、大きくて、熱くて、硬い、オリカが押し付けられるのを見た。

「よく見てて。今から結ばれるから」

「あ、あああっ！」

視覚を伴ってのその感覚は強烈だった。オリカの先端の太い部分に襞を開かれたと思った瞬間に、サウロの雄からは極めた証《あかし》が迸《ほとばし》っていた。白濁がサウロの胸や臍《へそ》に飛び散る。

「あっ、あっ……」

いったのに、熱はまったく収まらない。びゅくびゅくと、白濁が、何度も噴き上がって止まらない。

「ごめん。本当はゆっくりしたいけど、手加減できそうにない」

びくんびくんと震えるサウロの細腰をオリカが引き寄せる。

「あ、駄目、今、いって……っ」

サウロはオリカの肩に爪を立てて容赦を願ったが、オリカは一気にサウロの奥まで侵入してきた。

「あ、ああっ！　う、うそ、そんな、深くっ」

指では触れられなかったもっと奥をずんっと突かれた瞬間、サウロの背中が反り返った。浅いところを刺激されるのよりももっと熱いものが溢れ出てくるようだった。

「あ、これ、あ、いいっ、いい……っ」

サウロが敷布の上に黒髪を乱しながら告げると、オリカが心得たようにそこを力強く突いてくる。がつがつと勢いよく突かれるたびに、サウロの視界は真っ白になって、涙が滲んでくる。

「オリカ、オリカ、助けてっ」

あまりに強烈な感覚に、サウロは腕を伸ばし、オリカの首に縋り付いて助けを求めていた。背中を浮かしてぎゅっと抱き付くと安心できる。

「サウロ、そんな可愛いこと……うッ」

「え？　な、なに……っ？」

オリカが唸るようにサウロの名前を呼んだのと同時に、サウロの浅い場所の気持ちいい所がぐっと押さえつけられた。先端は相変わらず奥を突いているのに。

何が起きたのかと、サウロは喘《あえ》ぎながら混乱する。先ほどまでと比べ物にならないくらいの凄まじい感覚が中をいっぱいにしていた。

「はっ、くっ……。瘤で、アルファの興奮が過ぎると、性器の根元に瘤《こぶ》ができると……聞いたことがある」

オリカが小刻みに腰を動かしながら苦しそうに教えてくれた。

「瘤……？　あ、あなたは、なったことは、ないんですか……？」

両方をいっぺんに刺激されて、サウロは快楽に悶《もだ》えつつ、なんとか聞いた。

「ああ。すまない、苦しいよな？　今、抜くから」

勝手に腰が動いているような状態だ。ここで止めるなんて不可能に近いことだろうに、オリカはサウロを気遣った。

「やめないで」

サウロはぎゅっと脚をオリカの腰に巻きつけて、

願っていた。

「あなたの、初めてを、もらえるなんて、嬉しい」

オリカが目を見開き、ごくりと喉を鳴らした後に、いやいやと頭を振る。

「でも、これは、確実に相手を孕ますためのものだ。このままだと間違いなく子供ができるよ？」

「あなたの子供、……欲しい」

心の底から込み上げてきた気持ちをサウロはうっとりと口にした。

オリカが欲しい。オリカとの子供が欲しい。オリカが相手だというだけで、欲しくてたまらなかった。

「っ」

「下さい。だから、抜かないで、続けて……」

「っ、本当に、子供、できるからな？」

オリカは唸ったが、再度のサウロの返事を待たずに、サウロの背中を寝台に押し付けると、より激しく中を穿《うが》ってきた。

「あっ、あ、あ……っ！」

甲高い声が口からひっきりなしに漏れる。深い場所と浅い場所を同時に抉《えぐ》られる感覚は強烈だった。

「あ、あんっ、両方、そんなに、強く、だめ、初めてなのに、あ、あっ、変になる……っ」

「ごめん、でも、止められない。すごい、奥、俺にきゅうきゅう吸い付いてくる」

「そんなの、あ、あ……、オリカ、激しい、もっと……」

「っ、いくらでも！」

サウロの望み通りにがつがつと腰を振られて、一気に高みまで上り詰めていく。

「あ、あ、ああー……っ！」

オリカが一番奥深いところまで入ってきた瞬間、サウロはびくびくと全身を痙攣《けいれん》させて極めた。

「俺も、出す、から、ね」

達しながら頭の中が真っ白になっているところに

宣言されて、サウロはオリカの腰に回していた脚に無意識にぎゅっと力を込めた。

「っ」

直後、身体の中に火傷《やけど》しそうなくらいに熱いものが叩きつけられた。

「あっ、あっ、あ……っ」

奥が、オリカのもので満たされる。気持ちがよくて、くらくらとする。

「は、は……っ。……ん、まだ……っ？」

達し終わって僅かに理性の戻ってきたサウロは息も絶え絶えに問いかけた。随分と時間が経つのに、オリカのものはサウロの中で熱い飛沫《しぶき》を吐き出し続けている。根元の瘤も、さっきよりずっと大きくなってサウロの入り口をぴったりと塞いでいた。

「そう言えば、こうなると、射精が、すごく長いとか、聞いたな。ごめん、初めてなのに、こんな……。くっ、抜けそうにも、ない……」

オリカがすまなさそうに謝ってくる。

サウロはかぶりを振って、オリカの頭に手を差し伸べる。茶色い髪は見た目よりも柔らかくて心地よかった。

「いいです、このままで。私が、望んだことだから。それより、噛んで。今、ですよね……？」

サウロは首を反らして、後ろ髪をかきあげ、ロイから守りきった場所をオリカの眼前に差し出した。

「ああ」

オリカが幸せそうに笑う。ゆっくり口を開いて、サウロに近付いてくる。

痛みはなかった。歯が立てられたと思った瞬間から、身体の奥にあるのと同じくらい熱いものがそこからどろりと溶け出す。

身体の奥と、首筋と、両方から声も出ないくらいの快楽が湧き上がってきた。無意識に中を締めてしまったせいで、自分の中のオリカの存在がもっと強く感じられる。頰に触れるオリカの柔らかい髪にすら刺激された。

「っあ、ああ……」

やっと溢れた吐息混じりの声は、自分でも驚くくらいに甘かった。

オリカの、発達した犬歯が、肌に食い込んでいく。見ていないのに、見ているかのような錯覚に陥る。

「あ……」

犬歯の先はサウロの首筋の熱の発生源に達した。

「あっ、あ、あああ……っ」

注がれていると思った。腹の奥には命の素を、首筋には甘い蜜《みつ》を。

「オリカ……」

逞しい肩に縋り付いて爪を立てる。直《じか》に触れ合う素肌が溶け合うのではないかと思うくらいにしっとりと密着した。

今、自分はオリカのものになって、オリカは自分のものになっている。まるでこれまでとは違う存在に変わっていく気がする。

「ああっ……！」


「サウロ、サウロ」

頰を優しく撫でられてサウロは瞬きをした。すぐ目の前で、明るい茶色が心配そうな色を浮かべていた。

「オリカ……？」

「大丈夫か？　一瞬気を失っていたみたいだ」

サウロは、頰に触れている手に自分の手を重ねる。

「大丈夫、です。とても、心地よくて」

ほうと、サウロは息を吐いた。オリカの射精はやっと止まったらしい。長時間かけて出されたもので腹が満たされていて、温かかった。

「ちゃんと番になれました?」

サウロの手を今度はオリカが取って、先ほどまで噛んでいた場所に導く。滑らかな肌に僅かな凹凸《おうとつ》ができていた。触れると、じんとした感覚がする。

「俺がこの綺麗な肌に痕《あと》を付けちゃったね」

オリカが苦く言う。だが、その声は弾んでいた。

「あなたは責任を取って下さるんでしょう?」

「当たり前だ。一生、誰にも渡さない」

真剣な声で誓われて、サウロの身体の熱が再び蘇る。

「違います。そうじゃありません」

サウロは微笑んだ。

「あなたが、私だけのものになったんです」

アルファにとってオメガが求めて止まないものなら、オメガにとってアルファとは……。サウロはやっとその答えに行き着いていた。

「俺が、サウロのものに?」

オリカが不思議そうに聞き返してくる。

「ええ。私を支えて下さるんでしょう? 私には、沢山やらなければならないことと、やりたいことがあるから、あなただけに構っているわけにはいかないのです」

オリカは少し不服そうな顔をしたが、サウロがやりたいことがあると言ったのに気付いて、驚いた後に嬉しそうに頷いてくれた。

「だから、私を誰にも渡したくないなら、傍にいて、見守っていて下さい。あなたがいる、あなたと結ばれていると思うだけで、私は頑張れるから」

「俺の番は強いな」

オリカが瞬いた後に笑って承知してくれる。

「わかった。約束する」

約束の言葉がサウロの身体中に広がって溶けていく。もっと結びつきが深くなった気がした。

「でも今は、もっと、愛して下さい」

サウロの望みに、オリカは破顔した。

「もちろん、いくらでも」

どちらからともなく交わした口付けは、今までで一番甘かった。

終わり

アルテミスの夢

爽《さわ》やかな季節だ。

数日ぶりにすっきりと晴れた青空の下で、サウロはリオと一緒に月の宮の一角に作った小麦畑の様子を見にきていた。

「大丈夫でしょうか？」

リオが心配そうに畑を覗《のぞ》き込む。

数日降り続いた雨のせいで土は泥になってしまっているが、青々とした苗は力強く天に向かって立っていた。

微《かす》かな風にそよぐ小麦を見詰めてサウロは応じる。

「大丈夫ですよ、きっと。今年はユザも手伝ってくれていますし」

小麦畑の中にはそのユザと、数人のオメガがいる。

ベータのユザは王城の兵士だが、生まれが農家だそうで、昨年大失敗した春蒔《ま》きの小麦畑のことを聞き付けて興味を持ち、手伝いを買って出てくれた。

ユザによれば土から作る必要があると言って、一年がかりの大掛かりな仕事になった。

「長殿《おさどの》！　小麦、順調ですよ！」

サウロに気付いたユザが畑の真ん中から手を振ってくれる。サウロは頷《うなず》いて応じた。

「本当だ。大丈夫そうですね」

「ええ」

「土が乾いたら、麦踏みをしますから！」

ユザの声にサウロはもう一度頷いた。

ユザが小麦の根元を指差して何かを語るのを、小麦畑の係のオメガ達が感心した様子で聞いている。泥まみれだが、それを気にしている者は一人もいない。皆、楽しそうだ。

「ユザさん、すっかり馴染《なじ》みましたね」

リオが感慨深く零《こぼ》すのにサウロも頷いた。

「最初は、ベータの自分が月の宮に入るなんてとんでもないって拒否していたのに。オリカ様に、美人だらけの月の宮に入れるなんて贅沢《ぜいたく》じゃないか。美人に惹《ひ》かれるのは男の性《さが》だ、オメガだのなんだの先入観に囚《とら》われるのは勿体無《もったいな》い、認めろ。なんて変な説得をされて」

そのときのことを思い出したのか、リオがぷっと吹き出す。

「あの事件のとき、怪我《けが》をしたユザを真っ先に介抱したのが月の宮のオメガでしたからね。恩義も感じてくれていたのでしょう」

あれからもう三年になるのかと、サウロは目を細めた。

月の宮に、サウロの心の中に、オリカという新しい風が吹き込み、めまぐるしい変化が訪れた。

「サウロ様！」

感慨深く小麦畑を見守っていると、背後から声がかかった。リオと一緒に振り向くと、二人の少年が近くの建物の外廊下に並んで立っていた。

「サウロ様にご用があるならこちらに来てください」

リオが応じると、二人の少年は顔を見合わせた後、外廊下の下に用意されている靴を履いて、連れ立ってやってくる。

「サウロ様、あの……」

サウロのもとまでやってきた少年達は、おそるおそるといった様子で声をかけてきた。

「どうしました？」

片方の少年は少し前に発情期を初めて迎えたはずだと、サウロは記憶を手繰《たぐ》り寄せる。

「あ、あの、あの……、次の発情期には、最初のときのアルファ様に、お相手していただきたくて」

駄目ですかと、びくびく震えて上目遣いに見てくる少年に、サウロは内心でそんなに怯《おび》えなくてもいいのにと思った。これ以上怯えさせないように努めて穏やかに返す。

「わかりました。考えておきましょう」

「あ、ありがとうございます！」

少年が涙目で礼を言う。隣の少年が、よかったなと肩を叩《たた》いて一緒に喜ぶ。ありがとうございますを十回は繰り返して、少年達は去っていった。

「またお仕事が増えましたね」

二人を見送ったリオが肩を落として溜息《ためいき》を吐く。サウロは降り注ぐ陽光の温かさを感じながら微笑《ほほえ》んだ。

「仕方ありません。アルファ様とオメガの人数が減ったことを理由に歓喜の間を閉鎖して、全員のお相手を予《あらかじ》め決めるように変えると言い出したのは私ですから」

サウロは月の宮の正門の方に目線をやった。オメガの役割の象徴でもあった歓喜の間の屋根が僅《わず》かに見えた。歓喜の間は未《いま》だ存在しているが、一年前から入り口は施錠され、中には誰も入れない。

「私が言い出したのだから、全員分の、よりよい相手と組み合わせるという手間のかかる仕事をアルファ様にお任せするなんてできません」

サウロはすました顔でリオに告げる。

ロイの一件で、国王は随分と気落ちしたらしい。ロイは巧みにアルファとしての力を織り交ぜて国王達を信用させ、操っていたらしいのだが、それに全く気付けなかった国王はすっかり自信をなくしてしまった。それでも白国のアルファの中では一番強いから代替わりもできない。今や、国政のことはほとんど援助をしてくれている黒国の言うがままだし、月の宮のことではサウロにすら強く出られないくらいだ。

「あの子のお相手の方は、確か先日まで国境に赴任されていた方でしたね。悪い噂《うわさ》は聞きませんし、問題ないと思いますが……」

「ええっと、国境から戻られて最初の相手があの子です。まだお子様もいらっしゃらないです」

サウロの言葉をリオが一生懸命思い出しながら補

足する。少なくなったとはいえ、アルファとオメガを合わせればそれなりの人数になる。リオを後継者に選んで間違いなかったと思ったサウロは、リオによくできましたという気持ちを込めて、ゆっくりと頷いた。

リオは嬉《うれ》しそうな顔になって続ける。

「それから、国境に行かれる前も月の宮で特定の誰かを選んでいたということもなく、ベータの女性を好んでいるという噂もなかったはずです。アルファ様の中でも評判がよいようですよ」

リオの言葉にサウロは瞬いた。

「アルファ様の中？　そんなことまで、どうして？」

「キュノ様に教えていただきました」

リオは得意満面で答える。キュノとは、白国のアルファの若者だ。元々、白国の若手のアルファの中ではそれなりに強い方だったのだが、オリカが彼には見込みがあると言い出し、強引に黒国に留学させ、帰ってきたときには見違えるように変わっていた。

キュノは白国に帰ってきてすぐに、オリカのように頻繁に月の宮にやってきては、オメガを抱くこともなく帰っていくようになった。長の執務室にもよく顔を出してきて、その目当てがリオだというのはとてもわかりやすかった。

「リオ。キュノ様とそんな話をしていたのですか？」

サウロの疑問にリオは大きく頷く。

「もちろんです。少しでもサウロ様のお役に立てたらと思って、キュノ様が来られたらいつも役に立ちそうな情報提供をお願いしています」

「いつも……」

サウロは口の中で唸《うな》った。

リオは十六歳になった。身長も伸び、大人びた表情を見せるようになった。いつ発情期が来てもおかしくはない。リオが拒まなければ、相手はキュノとなるだろう。キュノ側がリオの発情期を待っているのは間違いない。そんな二人の会話が、仕事に関わる話ばかりと聞いて、サウロはキュノを少し気の毒に思い、二人の仲が気がかりになった。

「あなたのことはともかく……。アルファ様の間でも評判のよい方というなら大丈夫そうですね。あの子のためになんとかしましょう」

サウロは心を決めた。少年の望むアルファに打診し、アルファ側に異存がなければ、少年の希望を叶《かな》える。

国王から強引にもぎ取ったアルファとオメガを組み合わせる仕事にサウロが手心を加えていることは周知の事実だ。サウロは、アルファとオメガ、お互いの合意が得られなければ、発情期に会わせることはしない。相手を決められなかったオメガには、内密に黒国から取り寄せた抑制薬を処方して休ませたりもしている。最初の発情期に怯えるオメガも自ら望むようになるまではアルファは宛てがわないとサウロは決めて実行している。

アルファ様を拒むなんてと、ほとんどのオメガは予定を受け入れているから、今のところアルファからは目立った文句は出ていない。一方で、一部……特に若い世代では、今のように自分の意思を示す者も確実に増えている。

「上の世代も、もう少しだけでも、あの子達みたいになってくれてもいいのですけれどね」

アルファに抱かれてアルファを産むというオメガの役割は、白国の根底にあって覆すことは難しい。けれど、先ほどの子達のように相手を選びたいオメガもいる。そういったところから、少しずつでも変えていけたらとサウロは思っている。

「でも、本当に、これでいいんでしょうか……？アルファ様が生まれなくなってしまったら……」

リオがふと真顔になってぽつりと口にする。サウロの意を汲《く》んでよく働いてくれているリオだが、それでも変化に不安を抱くことがあるのだろう。結果が出るまでには長い時間がかかることだ。

「いいんですよ。血筋のよい者同士の交わりを優先して衰退したのが今の白国なのですから。今更何をしたってこれ以上悪くなりようがありません」

サウロの言葉にリオはぱちぱちと瞬いて、眩《まぶ》しいものを見るような目をサウロは向けた。

「どうしました？」

「サウロ様、前よりもっと素敵になったなって思って」

「……なんですか、それは」

褒《ほ》められたサウロは、リオから不自然にならないようにそっと目を逸《そ》らした。少しだけ胸がどきどきとして、嬉しいと思ってしまった。褒められて気分が高揚してしまう自分には未だに慣れない。リオがそんなサウロを見てもっとにこにことする。

「執務室に戻りましょうか」

サウロは顔の火照りをごまかすように、リオを促した。

「はい」

リオは笑顔のままサウロに付いてきた。

■　■

「失礼します」

小麦畑から帰り、サウロが執務室でリオと手伝ってくれている他のオメガ達と書類仕事をしていると、入り口から声がかかった。

扉は開け放しているので、顔を上げればすぐに誰が来たかわかる。背が高く、首輪をしていない青年だ。身に着けている衣服もオメガのものとは明らかに違う。

「あ、キュノ様」

サウロの手前の席に座っていたリオが訪問者の名

前を呼び、ぱっと立ち上がった。リオの瞳が気のせいではなく輝いている。先ほどの心配は杞憂《きゆう》だったかとサウロはこっそり苦笑した。

「正門にいなかったから、もしかしてと思って来てみたら」

キュノはリオの様子に苦笑した。

「え？　もうお時間でした？」

リオは口をあわあわとさせる。

「もうお時間だ」

キュノはリオの言葉をそのまま借りて答え、仕方がないなというように笑った。

「ご、ごめんなさい！」

リオは一生懸命謝って、入り口のキュノのところに駆け寄る。

二人のやりとりに、くすくすと他のオメガ達が抑えきれない笑みを零す。

「用意はできている？」

キュノはリオに確認する。

「は、はい。大丈夫です！」

「じゃあ、行こうか？」

キュノの誘う言葉に、リオは頷きかけ、慌てて頭を振った。

「待って下さい。あの、サウロ様」

リオは部屋の奥にいるサウロへ振り向いた。

「……行ってきてもいいでしょうか？」

サウロは椅子《いす》から立ち上がり、ゆっくりと二人のもとに向かう。

リオは緊張していた。笑みを浮かべようとしているが、少し引き攣《つ》っている。他のオメガ達も真面目《まじめ》な顔付きでなりゆきを見守った。

「もちろんです。私が許可したんですから。ちゃんと、陛下《へいか》や他のアルファ様にもご了承いただいていますしね」

リオとキュノは会うごとに距離を縮めていった。

先日、キュノは、リオに月の宮の外を見せてみたいと言い出した。最初は規則違反だと拒んでいたリオもキュノの説得の末に見てみたいと本心を明らかにして、サウロに相談してきた。

月の宮の外に、長とその代理以外のオメガが出ていく。

前例のないことの根回しをするのは骨が折れたが、なんとか叶えてやることができた。

リオは今から、生まれて初めて月の宮の外に出る。

「いいですか、リオ。外に出たら絶対にキュノ様の傍《そば》から離れてはいけません。突然の発情期に備えて、抑制薬はすぐに取り出せるようにしておくこと。それから、もし酷《ひど》いことを言ってくる方がいたら、どんな方か覚えておいて私に教えて下さい。あとは、日が暮れる前までに必ず戻ってくること」

サウロの言葉にリオが呆《あき》れたような顔になる。

「大丈夫です。もう何回も聞きましたよ？　ちゃんと覚えています。そんなに心配しないで下さい」

「心配なものは心配なのです」

「長殿、大丈夫です。リオは絶対に俺が守りますから」

キュノがリオの手を取り、サウロに誓ってくる。そこにはアルファらしい力強さがあった。サウロはそれ以上何も言わないことにした。

「キュノ様、くれぐれもよろしくお願いします。リオ、外をしっかり見てきなさい」

「はい」

サウロの言葉に、リオは力強く頷いた。二人の手はしっかりと繋《つな》がれている。王城のベータ達のほとんどはオメガのリオを見て眉《まゆ》を顰《ひそ》めるだろうが、キュノが付いていればあからさまなことはできないだろう。

今日は王城内を見て回るだけだが、この二人ならいつか王城の外にまで出ていくと言い出すかもしれない。そのときはどうしようかと思いながら、サウロは二人を感慨深く見送った。

「なんだか、羨《うらや》ましい」

その言葉に、サウロの一人がぽつりと呟《つぶや》く。

残ったオメガの一人がぽつりと呟く。

その言葉に、サウロは頬を微かに緩めた。発情期が来たばかりのような若者でなくても、リオとキュノの姿を羨ましいと思える心があるのだと。同時に、胸に寂しさが灯《とも》った。サウロは自身の首に嵌《は》まる首輪に手をやる。

黒地に銀糸が施された、銀位のオメガの証《あかし》。その下には、三年前にできた嚙《か》み痕《あと》がくっきりと残っている。

無性に、オリカに会いたくなった。けれど、会えない。

「外は怖いけど……、一度くらいは外に出てみたいかも」

「そうね。でも、それにはまずは自分にキュノ様みたいな方が現れないと」

「あんなアルファ様、他に白国にいらっしゃるかしら」

おしゃべりに花が咲き、仕事どころではなくなってしまった。

「黒国ならオリカ様みたいな方がいるんじゃない？」

誰かがオリカの名前を出し、あっと口を塞《ふさ》いでサウロの方を見てくる。

「サウロ様、無遠慮なことを言って申し訳ありません。オリカ様、いらっしゃらないのに……」

「別に構いませんよ。少し休憩にしましょうか」

サウロは苦笑して皆に声をかける。

「わ！　嬉しい」

「僕、お茶を淹《い》れますね」

「じゃあ、私は厨房《ちゅうぼう》からおやつをもらってきます」

全員、サウロの提案に即座に同意して、そそくさとお茶会の準備を始めてしまった。

「私は少し出てきます」

「どちらへ？」

「モネの様子を見てきます」

「行ってらっしゃいませ」

オメガ達に見送られて、サウロは執務室を出て静かな月の宮を移動する。


「うわわあんー！」

外廊下の角を曲がって目的地に着いた途端、甲高い声が響いた。

「モネ？　何かありましたか？」

聞き覚えのある声にサウロが問いかけると、曲がり角の先の庭に面した広間で、大勢の子供が一斉にこちらを向いた。子供達の首には白い首輪が嵌められている。月の宮で生まれたオメガの子供達を世話するための区画の入り口だ。十人くらいで集まって、一緒に遊んでいたらしい。

「モネ様、泣かないで、ね？」

この区画で子供達の面倒を見ている大人のオメガの一人が大泣きしている子供の傍《かたわ》らでおろおろとしていた。

「モネ」

「っ、ははうえ！」

サウロが呼びかけると、泣いていた子供がサウロに気付いた。

「わあああん！」

その子がわあわあと泣きながら両手を上げてサウロ目がけて走ってくる。

サウロは腰を屈《かが》めて泣き喚《わめ》く我が子を受け止めた。

「モネ、どうしました？」

「ははうえ……、ひっぐ……わああん」

サウロに抱き上げられて、子供はいっそう大きな声で泣き始めた。大きな丸い黒い瞳からぼろぼろと涙が零れる。少し癖っ毛で柔らかい黒髪もぐちゃぐちゃになっていた。

「やっ、やっ、ニカいや、きらいっ」

「ニカ？　ユザの子供でしたね。仲がよかったはずでしょう？」

サウロがモネのやってきた方を見ると、明らかに他の子供達よりも発育がよく、首輪をしていない少年が困惑した様子でこちらを見ていた。

ユザは男やもめで苦労をしているらしい。小麦畑のことを教えてもらう代わりにユザが働いている間はニカを月の宮の子供を集めている区画で預かっている。

子供のニカはまだオメガに対する差別意識も少なく、月の宮で過ごす時間を気に入ってくれた。

面倒を見ている大人のオメガは子供達の世話をする専門家なのだから当然だと、サウロは少し誇らしく思っている。

ニカはオメガの子供達と一緒に月の宮中を賑《にぎ》やかに遊びまわっていて、その話を家の近所でもしているらしい。つい先日、ユザの話を聞いた他のベータ達が、自分の子供を預けられないかと訪ねてきてくれた。

最初はユザのことを変人と言って馬鹿にしていたのに、ユザとニカが次第に明るく元気になっていく様を見て考えるところがあったのか。サウロは彼らの子供を引き受けるつもりでいる。

「きらい、ニカやあ、ニカともうあそばない！」

モネはサウロの服をぎゅうっと握ると、黒い頭をサウロの胸にぐりぐりと擦《こす》り付けていやいやを繰り返す。原因がわからない以上、どうしようもない。

とにかく落ち着いてとサウロはモネの背中をとんとんと叩いてあやす。

モネはうえぇんと泣いてサウロに一層引っ付いた。

泣いているのは可哀想《かわいそう》だが、泣いて自分に頼ってくる腕の重みが愛《いと》おしくて、サウロはモネの柔らかい髪に頬ずりをした。

「俺に気を取られてる間に玩具を取られたんだよ」

答えてくれたのはモネではない心地のよい低い声だった。

「オリカ？」

サウロは声がした方をぱっと見た。

ちょうど曲がり角から入ってきたところで死角になっていた場所にオリカが立っていた。

「え？　どうして、いるんですか？」

サウロは驚く。

オリカは苦笑すると、ちょっと待ってろと言い、ニカのもとに行く。屈みこんでニカと目線を合わせ、二人でぼそぼそと何事かを話し合っている。しばらくすると、オリカがニカと手を繋いでサウロ達のところに戻ってきた。

「ほら、ニカ」

ニカは布製の茶色い人形を手にしていた。オリカに背中をぽんと叩かれたニカはぎゅっと唇を嚙み締めてサウロの腕の中のモネを見上げてきた。

サウロはしゃがみこんで、泣き喚くモネをニカの目の高さまで下ろす。

「……ごめん。これ、返すから」

ニカは不愛想に、それでもしっかりとモネに人形を差し出す。

「モネ。ニカが返してくれるそうですよ。ほら、後ろを見て」

「くましゃん！」

ぐすぐすと泣いたまま、モネはやっと振り向いて、ぱっと黒瞳を輝かせて手を伸ばした。人形はニカの手からモネの手に移る。

「くましゃあん！」

モネが熊の人形を大事そうにぎゅうっと抱き締め

て、鼻水が付くのも構わずに頬ずりをする。そして相変わらずわあああんと泣く。今度は嬉し泣きなのかもしれないとサウロは無理に泣き止ませることはせずに、モネの小さな背中をさすった。

「オリカ様。こ、これでよかったの？」

泣き止まないモネに、ニカはオリカを見上げて聞いた。オリカはにっと笑ってニカの頭をくしゃっと撫《な》でた。

「ああ、上出来だ。モネは少し泣き虫なところがあるからな。モネには後でニカはちゃんと謝ってたからって伝えておくよ」

ニカはほっとした顔になる。

「ほら。他の皆が待ってるぞ。外の遊びを教えてた途中だろう？」

「う、うん」

「ニカ、モネ様のことはお二人に任せましょう」

子供達の面倒を見ている大人のオメガが一人やってきて、悩むニカを促してくる。ニカは気にしながらも子供達の輪の中に戻っていった。

サウロはモネを抱いて、広間の端の、庭に向かって開かれている通路に向かう。オリカも付いてきた。ゆらゆらとモネを揺すりながら歩いていると、ひたすら泣いてたモネもゆっくり落ち着いて、ぐすぐすと鼻を鳴らすくらいになる。

「お、泣き止んだか？」

サウロが立ち止まると、オリカがモネを覗き込んできた。元々、子供好きだったオリカは我が子を溺《でき》愛《あい》していて、今もこれ以上ないというくらいに相好《そうごう》を崩している。

「いっぱい泣いたな」

モネの涙や鼻水ででろでろになっている顔を綺麗《きれい》にして、やっぱりモネは美人だなあと褒めちぎっている。モネもそれににぱあっと笑った。

「後でニカのところに行ってまた一緒に遊んでもら

おうな?」

「オリカ、いつ黒国から戻ってきたんですか?」

やっと落ち着いて、サウロはオリカに聞いた。オリカは黒国王に呼ばれて黒国に戻っていて、予定ではあと数日は戻らないはずだった。

「ついさっきだ」

オリカの顔がモネからサウロに向き直って、明るい茶色の瞳にサウロが映る。表情は明るいが、疲れた顔をしていた。

赤国の軍隊を白国から追い出したとき、オリカは黒国にかなり無理を言ったらしく、その代わりとばかりに、特任外交官として未だに馬車馬のように働かされて、頻繁に白国と黒国を行ったり来たりしている。

「サウロとモネが心配で特急で仕事を終わらせてきた。サウロは仕事かなと思って先にモネのところにきたんだ」

「特急って、無理をしたんじゃありませんか? あなたが心配するようなことは何もありませんよ」

「何もなくても心配に決まってるだろう? サウロは出会ったときよりも綺麗になっていくし、モネはサウロにすごく似てて美人で可愛《かわい》いし」

力説するオリカにサウロは呆れてしまった。モネが生まれてからオリカはどんどん心配性になっていくようだった。

だが、確かに、さっきまで泣いていたのが嘘《うそ》のように人形を抱き締めて「くましゃん、くましゃん」と、幸せそうに頬ずりしているモネは可愛い。子供が可愛くて心配なのはどうしようもないと苦笑しながら、サウロはオリカに改めて告げる。

「お帰りなさい」

オリカの表情がモネに対していたときとは雰囲気の異なる甘さにとろけた。

「ただいま」

オリカはそのままサウロに顔を寄せて、さっと口付けてきた。モネを抱いているサウロには避《よ》けようがなかった。

「っ、こんなところで」

サウロが辺りを見回すと、運良く、子供達も、大人のオメガ達もこちらを見ていなかった。

「……見られたらどうするんですか」

ほんのりと、唇に温かな感触が残っている。サウロはなんとも言えない顔でオリカを咎《とが》めた。オリカは悪びれない態度で応じる。

「十日ぶりなんだ。見られたとしても皆大目に見てくれるさ。俺がこっちにいる間は、毎日サウロの部屋で寝泊まりしているのに比べたら大した問題じゃないだろう?」

「そういう問題じゃありません。大体、あなたはいつもそうやって、無責任になんとかなるからって言って……」

「モネはその熊が好きだなあ。十日前には持ってなかったよな？　どうしたんだ、その熊?」

オリカはサウロの追及から逃げて、サウロの腕の中で熊に夢中のモネに声をかけた。

「えへへ。あのね、くましゃんはね、ちちうえなの」

モネは笑顔で熊の顔をオリカに向けた。

「これが俺？」

茶色い熊は、かなり不細工な顔をしている。だからかオリカは少し複雑そうな顔になった。

「だって、ちちうえは、いつもいっしょじゃないから。でも、くましゃんはいつもいっしょなの」

「あなたの代わりなんですよ」

盛大に首を傾《かし》げて一生懸命理解しようとするオリカに、サウロは答えを与えた。

「あなたが黒国に行ってしまってから毎日寂しいと言うので、これをあなたの代わりだって言ってモネにあげたんです。だからこれはあなたのいない間のあなたの代わりなんです」

「そうだったのか。ごめんな、寂しくさせて。モネ、今日は一緒に寝ような?」

オリカは感極まった様子になった。腰を屈めてモネに目線を合わせて謝る。

「ほんとー?」

「もちろんだ」

「くましゃんもいっしょ?」

「もちろん」

「やったあ。ははうえも、もうさみしくないね!」

「っ、モネ!」

慌てて止めようとしたが時既に遅かった。オリカの顔が、何もかもわかっているという風ににやにやしている。

「そうか。サウロも寂しがってくれていたのか」

「寂しがってなんていません。たった十日じゃないですか」

サウロは慌てて否定した。

「ははうえ、さみしいっていってたよ!」

「っ……!」

たった一度だけ、モネの寂しいに合わせて呟いた言葉をモネはしっかりと覚えていた。そんなことを言っていないと、子供に嘘を言うのも憚《はばか》られて、何も言えない。口付けされたときも冷静に対応できていたサウロの頬が熱を持ち、耳が赤く染まる。その様子にオリカはにやにやとする。

「サウロもモネには敵《かな》わないな」

「わ、私は、モネに合わせただけで、本当はそんなには……」

顔を背けて必死に否定するサウロの耳元にオリカが上機嫌で口を寄せる。

「寂しくさせてごめん」

優しい低音がサウロの身体に染みてくる。そうしてサウロは自分がどれほど満たされていなかったかをよく自覚できた。

オリカは、無言になったサウロの髪をさらりと撫で、指先を軽く首輪に引っかける。

「俺もすごく寂しくて、会いたくてたまらなかった。これだから地位のある仕事には就きたくなかったんだ」

「でも特任外交官を辞めてしまえば、白国の王城に滞在する大義名分がなくなるんでしょう？」

オリカがよく口にしていることをサウロが引き継ぐと、オリカは肩を竦《すく》めた。

「そう。本当に世の中はままらない」

「運命の相手に出会えて、それだけで幸せだと言っていませんでしたか？」

サウロはくすくすと笑った。オリカが少し目を見開いて、にっと笑う。

「その通りだ。サウロがいて、モネが生まれた。十分すぎるほど幸せだ。これ以上望むのは贅沢《ぜいたく》だな」

「……そうですか？」

オリカの言葉に、サウロは少し意地悪な気持ちで問い返した。

「本当に、今のままで十分ですか？」

「え？」

サウロの真意がわからないオリカは首を傾げて考え、うーんと唸った。

「十分だと思うけど。ああ、でも、いなかった間の埋め合わせは今夜たっぷりしないとな」

「そういう意味じゃありません」

オリカが何を言っているのかを悟ったサウロは睨《にら》み上げた。オリカは怯《ひる》むことなく笑顔で応じる。

少し間をおいて、サウロは、ふっと笑った。

「それに、今夜は駄目です」

「そうなのか？　仕事が忙しい？　じゃあ、明日に」

オリカは残念そうにしたがすぐに引き下がる。サウロは笑みを深めた。

「明日も駄目です。当分駄目です」

「当分？　それって何日？」

サウロが断ると、オリカは焦りだす。それがサウロにはおかしくてたまらなかった。

「さあ。何日でしょうね」

「どうして？　俺が何かした？　やっぱり十日は長すぎたか？　ああ、それともどこか身体が悪いとか？」

「悪いわけじゃないですけど」

サウロはクスクス笑って、モネのお尻の下で下腹に手を当て、目線をそこに移した。オリカは一度首を傾《かし》げて、あっと声を上げた。

「もしかして、この前の発情期の……？」

「ええ。二人目が、できたみたいです。あなたがまた、私が、か……可愛いとか、わけのわからないことを言って、興奮してあそこをアレにするか、わっ！」

サウロは最後まで言えなかった。オリカがモネを抱いたサウロごと抱き上げて、その場でぐるりと回ったからだ。

「オリカ、危ない！」

悲鳴を上げたサウロの腕の中で、きゃあきゃあと歓声が上がる。

「ちちうえー、もっと、もっと！」

「そうか、もっとか！」

速度が上がって、サウロの服の裾《すそ》が風に膨らんでいっぱいに広がる。

「オリカ！」

さらにその場で二回転されてからやっと下ろされる。

「あなたは、いくら腕力があるからって……！」

叱《しか》ろうとしたサウロの身体がぎゅっと正面から抱き締められる。

「オリカ、私の話を……！」

「ありがとう」

しかし、先に幸せに満ちた声で礼を言われて、サウロは何も言えなくなった。オリカの体温が、じわじわとサウロに移ってくる。

モネができたとわかったときも、モネを産んだときも、オリカは本当に喜んでくれて、感謝を口にしてくれた。サウロと自分の繋がりが形になっていくことが嬉しいと言って、サウロを抱き締め、そして手を握ってくれた。

「私は、これからまだやらなければいけないことと、やりたいことがあって」

以前はなかった、求めるという気持ちや欲求を、今のサウロは持っている。持っていいとオリカが教えてくれたから。

「うん」

オリカの頼もしい腕の中でサウロが伝えることを、オリカは一つ一つ頷いて聞いてくれる。頭の上にオリカの顎《あご》を乗せられたモネが重い重いとはしゃいでいる。

「全部やったらいい。モネと、新しい子のためなんだろう?」

オリカはサウロのことをよくわかってくれている。

「ええ。次の子がもしアルファなら、生まれたら手放さなければなりません」

アルファは生まれたらすぐに月の宮から出され、ベータの乳母《うば》に育てられる。生まれたアルファが次に月の宮に戻るのは、子供を作れるようになってからだ。

「でも、アルファでも、あなたとの子供を手放したくないんです。モネが生まれたとき、モネがオメガで、私は心の底から安堵《あんど》しました。奪われなくてよかったって、思った」

子供なんて欲しくないと思っていた自分が生まれた我が子をどう思うのか、心の片隅でずっと不安に思っていた。だが、生まれたときに心に芽生えたのは、引き離されずに済むという気持ちだった。モネがオメガとして生まれたことに感謝をした。そのときからずっと考えていた。

「生まれた子供がアルファでもオメガでも、母親から引き離さずに育てられるようにしたいんです」

オメガでもアルファでも、我が子は可愛い。離れたくない。オリカとの間に授《さず》かった子を、どうして自分で育てては駄目なのか。そう思ったとき、サウロは白国の仕組みを忌《い》まわしく思った。生まれた子供はオメガやアルファである以上に、自分が産んだ子供だ。

「難しいことはわかっています」

歓喜の間を閉鎖したとき以上の困難が待ち構えているのは想像に容易《たやす》かった。アルファをオメガのもとで育てるなんて、アルファだけではなく一般国民のベータの反対も目に見えている。

「サウロならやれるよ。でも、助けが必要なら俺がいつでもなんでもやる」

オリカは相変わらず根拠もないのに自信たっぷりにサウロの背中を押してくれる。

「……頼りに、してます」

込み上げてくるものをこらえて、サウロは答えた。声はみっともないくらいに震えていた。

「ちちうえ、ははうえとけんかはだめなの。なかなおりして！」

サウロの泣きそうな様子に勘違いをしたのか、モネが熊を抱き締めたまま、むうっとした顔になってオリカを睨み上げた。

それにサウロとオリカは顔を見合わせて笑った。

「喧嘩《けんか》じゃないよ」

「ええ。喧嘩なんかしていません」

「心配してくれてありがとうな」

オリカがモネの丸くてすべすべの頬に口付けを贈

る。サウロも同じように反対側の頬に口付けた。

「きゃあ！」

モネが熊のほっぺに自分のほっぺをくっつけて歓声を上げた。

「ちちうえ、ははうえ、もういっかいー！」

モネの、きゃあとはしゃいだ声が、澄み渡った夏の空に吸い込まれていった。

ゆめのはじまり

あとがき

本作をお手にとっていただいてありがとうございます。

本作は「リュカオンの末裔　オメガバース・紡ぎの運命」の主人公シアの兄、サウロが主人公のお話となります。実は、前作を書いている段階で、サウロとオリカが運命同士であることは決まっていたのですが、書ける日がくるとは思っていなかったので感無量です。正直なところ、カップリングは決まっていてもサウロが難しい立場にあったため、ハッピーエンドへの道筋は見えていませんでした。前作をお買い上げいただいた方のおかげでプロットを作る機会をいただいて、担当さまと一緒にこつこつこつこつこつと積み上げ、こうして形にすることができました。

弟のシアは書けば書くほどぽやぽやとしていったのですが、サウロは書けば書くほど強くなっていってしまいました。正反対な兄弟だなと思います。ただ、プロット段階では泣かない受けを泣かせるというコンセプトで作っていたので、サウロが泣く予定の場面で泣くどころか自立するほど強くなってしまい、書いている私は青褪めました。が、そのまま突き進みました。結局、サウロが泣いたのかどうかは本編参照です。サウロが強くなった分、オリカはサウロを全肯定していくような鷹揚なキャラクターに進化していきました。これもある種の溺愛だと思います。

前作と、小説オメガバースアンソロジーに収録していただいた作品と、本作と、三作オメガバースを書かせていただいたのですが、私の書くオメガバースはどうやらアルファ攻めが我慢強いという点で共通しているようです。中でもオリカは本当に頑張ったと思います。

イラストは前作から引き続きコウキ。先生に描いていただきました。ラフのサウロが想像以上に美麗で色気が溢れていて変な声が出てしまいました。前作から主人公の年齢がぐっと上がったのですが、前回の主人公の可愛さとは全く違う雰囲気を十二分に表現していただきました。オリカも本当にかっこよくしていただいて、あ、そう、これ、これがオリカだと感動しました。本当に感謝の気持ちでいっぱいです。衣装も本当に細部まで素敵で、現在進行形で細部まで舐めるように見てしまっています。せっかくなのでオリカのマントのことなど……。


その日、オリカが自分の仕事を終えて月の宮のサウロの部屋に入ると、甘い匂いが鼻腔を掠めた。数日前からそろそろかと話をして準備をしていたので、サウロの発情期が本格的に近付いてきたのだとピンときた。

「サウロ。寝室か?」

居間を通り過ぎて寝室に入るとサウロの姿が見えた。寝台の上で小さく丸まっている。返事がなく、眠っているようだ。オリカは苦笑して、サウロの横に座る。

「大丈夫か?」

オリカがサウロの艶やかな黒髪を撫でると、サウロの目がぼんやりと開いた。

「オリカ……。これ、下さい」

サウロはそう言うと、オリカのマントの裾を引っ張る。オリカは心得たようにマントを肩から外し、サウロに渡した。サウロは胸に抱いていた、渡されたのとまったく同じマントをオリカに押し付けて、新たに渡された方を抱き直して顔を埋める。

発情期が近付いたサウロは、オリカの匂いを嗅ぐと気持ちが落ち着くらしい。特にマントが大好きだ。以前、オリカがいないときにマントだけがサウロの傍にあったせいかもしれない。マントを抱いて丸まっているサウロの姿は普段の冷静な様子からは想像もできない。

「マントより本体を欲しくないの?」

オリカの問いかけにサウロはオリカの方をじっと見上げ、再びマントに顔を埋めた。

「……まだいりません」

「まだ?」

「まだです」

サウロの放つ匂いが強くなっていく。オリカは自身の発情が誘発されていくのを感じながらサウロの横顔を眺めていた。サウロがマントではなくオリカ自身が欲しいと言い出すまで。

それではまたお会いできることを願って。

２０１８年3月　水樹ミア

◆初出一覧◆

アルテミスの揺籠　／書き下ろし

アルテミスの夢　／書き下ろし

世界の乙女を幸せにする小説雑誌♥
小説ビーボーイ
小説 b-BOY
読み切り満載!!
3月, 9月
14日発売
A5サイズ
多彩な作家陣の豪華新作、
美麗なイラストがめじろおし♥
人気ノベルズの番外編や
シリーズ最新作が読める!!
イラスト／蓮川 愛
イラスト／笠井あゆみ
ビーボーイ編集部公式サイト
http://www.b-boy.jp
雑誌情報、ノベルズ新刊、イベント
はここでお知らせ！
小説ビーボーイ最新号の試し読みもできるよ♥

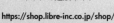

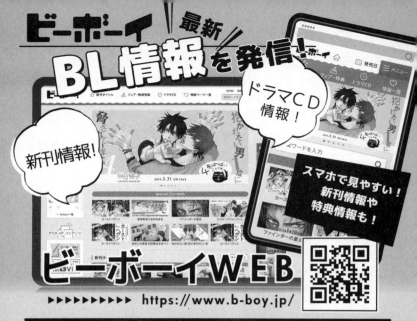

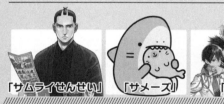

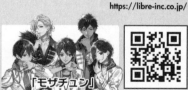

ビーボーイノベルズをお買い上げいただきありがとうございます。
この本を読んでのご意見・ご感想をお待ちしております。

〒162-0825 東京都新宿区神楽坂6-46
ローベル神楽坂ビル4F
株式会社リブレ内 編集部

アンケート受付中
リブレ公式サイト http://libre-inc.co.jp
TOPページの「アンケート」からお入りください。

BBN
B●BOY NOVELS

アルテミスの揺籠 オメガバース・結びの運命

2018年3月20日 第1刷発行

著者――水樹ミア
©Mia Suiju 2018
発行者――太田歳子
発行所――株式会社リブレ
〒162-0825
東京都新宿区神楽坂6-46ローベル神楽坂ビル
営業 電話03(3235)7405 FAX 03(3235)0342
編集 電話03(3235)0317
印刷所――株式会社光邦
定価はカバーに明記してあります。
乱丁・落丁本はおとりかえいたします。

この書籍の用紙は全て日本製紙株式会社の製品を使用しております。

Printed in Japan
ISBN 978-4-7997-3745-3